ForumWort

Hrsg. Deborah B. Stone

VON HÖHENFLÜGEN UND ABSTÜRZEN

Himmelhoch | Abgrundtief

Anthologie

W0345703

periplaneta

Vorwort

Liebe Leserin, lieber Leser,

zu dieser Kurzgeschichtensammlung inspiriert hat uns Autorinnen und Autoren die Frage nach Grenzsituationen und folgenreichen Entscheidungen im Leben. In welchem Moment ändert sich alles? Gibt es ihn überhaupt – diesen einen Moment?

In jeder Erzählung, mag sie noch so phantastisch sein, geht es immer wieder um zwischenmenschliche Beziehungen. Kaum etwas anderes bringt uns so an unsere Grenzen oder darüber hinaus – im positiven wie im zerstörerischen Sinne.

Die Familie – oder ein andersgearteter inniger Verbund – ist stets Dreh- und Angelpunkt der Erzählungen. Hier wird im engsten Kreis höchstes Glück empfunden. Ebenso kann uns niemand in solch tiefe Abgründe stürzen lassen wie unsere Liebsten. Sei es durch Verrat, ein dunkles Erbe oder mangelndes Vertrauen.

Über ein Jahr haben wir in der Schreibgruppe »ForumWort« an unseren Geschichten geplottet, geschrieben und sie bearbeitet. Dass unsere dritte Anthologie nun bei Periplaneta erscheint, freut uns sehr.

Stürzen Sie sich mit unseren 13 Geschichten hinab in finstere Abgründe und schwingen Sie sich hinauf in schwindelnde Höhen!

Ihre Deborah B. Stone
August 2021

Deborah B. Stone

Nur ein nutzloser Flügel

Gold-orange schwebten die von der Morgenröte getupften Wolken unter ihr, als Ariyah sich mit kräftigen Flügelschlägen in den Himmel schraubte, höher und höher hinauf.

Der Wind blies ihr das lavendelblaue Haar aus dem Gesicht und brachte die feine und doch so robuste Membran ihrer Flügel zum Beben. Ein wohliger Schauer lief von ihren Handgelenken, wo die schimmernden Flughäute ansetzten, bis zu den unteren Rippenbögen, an denen sie endeten. Ihr gesamter Körper vibrierte im Einklang mit der Kraft des Windes.

Was könnte schöner sein als Fliegen?

Ihr blieb noch Zeit, bis sie ihren Wachdienst antreten musste. Zeit, in der sie den neuen Tag begrüßen konnte, wie es ihr beliebte, um mit dem Wind zu spielen, der jeden Muskel ihres Körpers vor Lebendigkeit prickeln ließ. Ariyah beendete ihren Aufstieg und setzte zum Sturzflug an, die Flügelarme eng an den Körper geschmiegt. Erst auf der Höhe des gezahnten Felskammes glitt sie in einen sanfteren Sinkflug, denn in der Nähe der Felsen gab es unberechenbare Aufwinde, die ihre volle Konzentration erforderten. Schon spürte sie die schattige Kühle und die strudelnden Winde, die durch die Felsen bliesen und an ihren Flughäuten zupften. Das Geheimnis bestand darin, gerade um so viel zu verlangsamen, dass sie nicht gegen die Felsen prallte, aber genug Schwung behielt, um nicht zum Spielball der Zuglüfte und Aufwinde zu werden. Doch Ariyah gehörte zu den begabtesten jungen Wächterinnen, sie ritt die Lüfte, seit sie dem *Staubalter* entwachsen war und hielt sich seitdem nur zum Schlafen und Essen auf dem Erdboden auf.

Nun näherte Ariyah sich einer Felskuppe. Vor wenigen Wochen hatte sie hier einen Steinadler-Horst entdeckt. Die riesige Vogelmutter wachte scharfäugig über ihre Brut, doch Ariyah ließ es sich nicht nehmen, bei ihren Flügen regelmäßig vorbeizusehen. Es musste ihr doch noch einmal gelingen, einen Blick auf die kleinen Federbälle zu erhaschen, die dort zu Königinnen und Königen der Lüfte heranwuchsen.

Heute war es unruhig im Nest. Ariyah wurde mit Gekrächze und Flügelschlagen empfangen. Doch nicht sie selbst war der Grund für die Aufregung: Zwei der Steinadlerküken hackten mit ihren scharfen Schnäbeln auf das dritte im Nest ein. Schon war sein flaumiges Federkleid blutverklebt. Noch wehrte es sich, doch während Ariyah zusah, erlahmte sein Widerstand sichtlich. Es war nur eine Frage von wenigen Augenblicken, bis es der Übermacht erliegen würde. Mit letzter Kraft gelangte es auf den Rand des Nestes, wankte einen Moment auf dem Ring aus Zweigen und verlor dann den Halt. Es stürzte in die Tiefe. Kläglich schlug es mit den Stummelflügeln. Ohne die Schwungfedern, die ihm erst in einigen Wochen wachsen würden, war es noch völlig flugunfähig.

Ariyah ließ alle Vorsicht fahren. Ungebremst jagte sie die letzten Meter auf die Felskante zu. Dabei steuerte sie einen Punkt unter dem Horst an und fing das wie ein Stein herabfallende Adlerkind auf. Sie schaffte es zwar, im letzten Moment abzudrehen, sodass ihr Kopf die Felsen nur streifte, doch ihre linke Schulter und ihr Arm durchzuckten reißende Schmerzen. Rote Flecken wirbelten vor ihren Augen, fast besinnungslos schlingerte sie Richtung Erde, das Küken an die Brust gepresst. Schließlich gelang es ihr mühsam, mit dem rechten Flügelarm den unkoordinierten Fall etwas abzubremsen. Der Schmerz in ihrer linken Seite war einer wattigen Taubheit gewichen, doch sie versicherte sich immer wieder, dass der kleine Adler noch sicher unter dem gefühllosen Flügelarm festgeklemmt war. Unsanft landete sie auf der mit dürrem Gras bewachsenen Fläche vor den Wohnhöhlen. Ihr Bauch schrammte über den Untergrund und Sand stob auf.

Mit aufgerissenen Augen eilten ihr Caelie und Nuvola vom Höhleneingang, wo sie gewacht hatten, entgegen.

»Ariyah! Wo greifen sie an?« Nuvola ging als Anführerin gleich in den Verteidigungsmodus.

»Kein Angriff«, keuchte Ariyah und spuckte Staub. »Ein verletzter Adler. Bitte helft ihm. Und mein Flügel ...«

Mühsam stemmte sie sich auf die Knie und wies mit dem Kinn auf das zerzauste Bündel an ihrer Brust. Ihre gefühllosen Finger zu öffnen, gelang ihr nicht.

»Wir müssen sie sofort zu Heilerin bringen!« Caelie zerrte Ariyah hoch und zum Höhleneingang. Durch von Kristallen matt erleuchtete Gänge humpelte Ariyah auf ihre Flugschwester gestützt zur Kammer der Heilkundigen. Sie taumelte hinein und die Geruchsmischung von ranzigen, süßlichen und bitteren Aromen, die sie in der Höhle überfiel, brachte Ariyahs Magen dazu, sich zu heben. Überall von der Decke hingen Büschel aus Kräutern und Wurzeln und jede Oberfläche war mit Tiegeln und Schalen bedeckt.

Heilerin schlurfte heran. Sie war eine ältere gebeugte Frau, bleich wie alle Höhlen-*Staublinge*. Sanft, aber bestimmt bog sie Ariyahs Hand auf. Das blutige Federbündel legte sie achtlos auf einen Tisch neben sich.

Ariyah protestierte: »Er braucht Hilfe!«

Regte das Adlerkind sich überhaupt noch oder war alles vergebens gewesen?

»Jetzt kümmern wir uns erst einmal um dich!« Caelie drückte Ariyah auf einen Schemel.

Heilerin grunzte zustimmend. »Halte mal ihre Schulter, wir müssen sehen, wie schlimm es ihren Flügel erwischt hat.« Sie schnitt Ariyahs Gewand auf und feuchtete dann ein Tuch an. Mit vorsichtigen Strichen wusch sie das Blut von der verletzten Seite. Dann griff sie beherzt zu und breitete Ariyahs Arm aus. Dieser Schmerz!

***

Die nächsten Tage verbrachte Ariyah wie im Nebel. Es war jedoch nicht der verheißungsvolle Nebel eines neugeborenen Tages, sondern ein lichtverschluckendes, schweres Grau.

»Die Flügelmembran ist völlig zerfetzt, mit dem Fliegen ist es vorbei. Doch mit Geduld und Glück wirst du zumindest den Arm wieder benutzen können«, hatte Heilerin gesagt.

Glück? Was wusste dieser *Staubling* von Glück? Denn bei all ihrem Heilwissen war es das, was Heilerin war: Ein *Staubling*, der die Ekstase der Schwerelosigkeit nie gekostet hatte. *Staublinge* waren völlig ohne oder nur mit verkümmerten Flügeln geboren. Einige wenige waren durch Verletzungen flugunfähig geworden, doch diese bedauernswerten Kreaturen wählten zumeist den Freitod oder das Exil.

Nein, Ariyah war es unmöglich, Trost daraus zu schöpfen, dass die zerbrechlichen hohlen Knochen in ihrem Arm, die ihr Volk leicht genug zum Fliegen machten, irgendwann heilen würden. Ihr Arm war ihr nur wertvoll als Teil ihres Flügels – und dieser war dahin.

Einzig die Pflege des kleinen Adlers, den sie Volo genannt hatte, vermochte es, Ariyah zeitweise aus ihrer Teilnahmslosigkeit zu reißen. Dieses edle Flugwesen musste einfach wachsen und gedeihen, dann war ihr Opfer nicht vergeblich.

Der Jungvogel war stets hungrig. Seine Wunden verheilten gut und er wurde mit jedem Tag schwerer, stellte Ariyah fest, während sie ihn seufzend in seinem Tuch vor ihren Bauch band. Nur ihm zuliebe schleppte sie sich täglich aus den Höhlen.

Während sie mit ihrem Grabstock an den Feldrainen nach Würmern und anderem Getier stocherte, fiel ein geflügelter Schatten auf sie. Ariyah ließ den Blick gesenkt, als sei sie ganz vertieft in ihre Tätigkeit, bis sie es nicht mehr aushielt und doch unauffällig nach oben blinzelte. Ganz genau konnte sie den Moment bestimmen, in dem die Wächterin sie erkannte: ein kurzes Stocken im Flügelschlag, ein allzu beiläufiges Höhergleiten.

Erträglicher waren da fast die mitleidigen oder abschätzigen Blicke der sonnenverbrannten Feld-*Staublinge*. Wen interessierte schon, was die dachten? Doch dass die Frauen und Männer, die all die Jahre ihre Flug-Gefährtinnen und -Gefährten gewesen waren, betreten wegsahen oder sich höher in die Lüfte schwangen, wenn sie sich näherte, verklumpte Ariyahs Magen. Caelie war die Einzige aus ihrer Wache, die sie noch besuchte. Alle anderen hatten es vorgezogen, höfliche Grüße ausrichten zu lassen. Ariyah machte ihnen nicht ernsthaft einen Vorwurf, wie könnte sie? Niemand hielt sich gerne vor Augen, dass das Glück des Fliegens zerbrechlich war. Und doch zerdrückte es ihr die Brust und nahm ihr die Luft zum Atmen. Der Verlust der Schwerelosigkeit und die Missachtung ihrer ehemaligen Gefährtinnen schmerzten weit mehr als die körperliche Wunde.

Sie hielt Volo eine Handvoll erdiger Würmer und Larven vor den Schnabel. Er zumindest würde sich bald wieder aus dem Staub, in den sie gestürzt waren, erheben können.

***

Am nächsten Morgen wurde Ariyah unsanft aus dem Schlaf gerissen. Köchin stand in ihrer Schlafhöhle und leuchtete ihr mit einer Kristalllampe ins Gesicht.

»Aus den Decken! Heilerin sagt, du bist wieder gesund. Da du keine Wache mehr halten kannst, musst du dich anderweitig nützlich machen. In der Küche können wir gut ein weiteres Paar Hände brauchen.« Sie blickte auf Ariyahs nutzlose Linke und Ariyah sah das spöttische Funkeln in ihren Augen. »Oder auch nur *eine* Hand, in deinem Fall.«

Mitgefühl oder Rücksichtnahme hatte sie von der Frau, die alle nur *Köchin* nannten, eindeutig nicht zu erwarten. Nun, sie war schließlich nicht auf die Güte von *Staublingen* angewiesen. Ariyah rappelte sich wortlos hoch und warf Köchin einen auffordernden Blick zu.

Diese gackerte. »Immer noch hochmütig, ja? Nun, wir werden schon sehen, wie lange Breiwächterin sich noch für was Besseres hält.« Damit verschwand sie endlich durch die Tür und Ariyah konnte sich anziehen.

Breiwächterin? Es ist nur der Spottname einer schadenfrohen alten Frau, beruhigte Ariyah sich. Oder fing es so immer an? Würde ihr Geburtsname nach und nach in Vergessenheit geraten, bis alle sie nur noch nach ihrer Tätigkeit riefen?

Sie band sich den verletzten Arm mit einem Tuchstreifen an die Seite, damit er nicht im Wege war. Dann pustete sie Volo auf die Flaumfedern am Köpfchen, bis er erst das eine und dann das andere Auge öffnete.

Sie hob ihn sanft aus seinem Deckennest und verstaute ihn in ihrem Bindetuch. Das war ein schwieriges Unterfangen mit nur einer Hand und sie fluchte, als ihr der Stoffzipfel wiederholt aus den Zähnen rutschte.

»Lass mich mal machen.« Caelie war lautlos durch die nur angelehnte Tür eingetreten. Sie half Ariyah, einen Knoten zu schlingen, der fest war und zugleich Volo nicht einquetschte. »Denkst du wirklich, der Kümmerling wird in der Küche willkommen sein?«

»Er heißt Volo.«

Caelie zuckte die Schultern. Eine beiläufige Bewegung, um die Ariyah sie beneidete. Vielleicht hätte sie ihr eigenes Schicksal besser ertragen können, wenn sie in der Lage wäre, es mit einem Schulterzucken abzutun?

»Ich verstehe einfach nicht, wieso du ihn ständig mit dir herumschleppst. Er ist immerhin schuld daran, dass du alles verloren hast.«

»Ihn trifft daran überhaupt keine Schuld! Ich war es, die die Entscheidung getroffen hat. Die ihn vor einem vorzeitigen Ende bewahrte. Das mit meinem Flügel war einfach Pech.«

»*Vorzeitiges End*e – das klingt geradezu dramatisch. Er war der Schwächling des Geleges. Seine Aufzucht hätte die anderen um Futter und Kraft gebracht. Du weißt doch, wie das läuft.«

»Das heißt nicht, dass ich es tatenlos mitansehen muss.«

»Er war schwach und ein unnützer Fresser, und nun bist du ...«

»Schwach und eine unnütze Fresserin?«

»Das wollte ich so nicht sagen!«

»Aber das ist es doch, was du denkst. Was ihr alle denkt.«

Caelie sah sie vorwurfsvoll an. Doch sie widersprach nicht.

Etwas regte sich in Ariyah. Sie würde es ihnen schon zeigen, ihnen allen, wie unnütz sie tatsächlich war!

***

Die Küche empfing Ariyah mit stickigem Kohldunst, der sie um Atem ringen ließ, und einem Berg Rüben, der geschnitten werden musste. Lange würde sie es in dieser licht- und luftarmen Höhle nicht aushalten müssen, schwor sie sich.

Sie war nicht mehr hier gewesen, seit sie ein Kind gewesen war, das sich mit Proviant für Streifzüge versorgt hatte. Die Höhlen waren für Kinder und eben *Staublinge*. Sie waren es, die in den Höhlen die Nahrung zubereiteten, die Wäsche wuschen und die zahllosen Arbeiten erledigten, die tagtäglich anfielen.

Entschlossen hieb Ariyah auf das rutschige Gemüse ein. Sie wurde immer geschickter mit einer Hand. Vielleicht würde sie ja eine solche Könnerschaft mit dem Messer erreichen, dass sie eine Bodenkämpferin werden konnte? Zwar kämpften die *Aeries* seit Urgedenken zur Luft, aber letztlich konnte doch niemand wissen, woher der Feind kam. Was, wenn sich die Angreifer durch die felsigen Schluchten näherten oder von der Küste her? Dann wären ausgebildete Kämpferinnen, die sich ebenfalls im Gelände verbergen konnten, eine gute Ergänzung zur Luftverteidigung. Ob sie Nuvola einmal darauf ansprechen sollte? Die Anführerin war nicht sehr offen für Neuerungen oder Fragen. Das hatte Ariyah damals als Wächter-Novizin schnell gelernt, als sie wissbegierig alles über die ominösen Feinde ihres Volkes zu erfahren suchte. Doch nun hatte sie nicht mehr viel zu verlieren.

Ariyah nahm eine verstohlene Bewegung aus dem Augenwinkel wahr. Küchenjunge, der seit Stunden still neben ihr schnitt, raspelte und rührte, hatte doch gerade eine Handvoll Pflaumen in der Tasche seiner Tunika verschwinden lassen. Das grobe Kleidungsstück umschlotterte seinen mageren Körper. Große Augen starrten sie aus einem bleichen Gesicht an.

Ohne es zu merken, hatte Ariya das Messer sinken lassen und das fehlende Stakkato beraubte das Küchengeklapper seines Taktes. Sie sollte ihn melden. Vielleicht brachte ihr das sogar ein Lob?

Küchenjunges Augen huschten von ihrem Gesicht über ihre erstarrte Hand zu Boden. Er zitterte. Wusste, dass er ertappt war, und erwartete keine Gnade von einer wie ihr.

Er war wirklich sehr hager und blass, das blaue Haar klebte in ausgeblichenen Strähnen an seiner verschwitzen Stirn. Aber das war nicht ihre Sorge. Essen bekamen alle, er musste sich eben gedulden, bis die Wächterinnen und Wächter gespeist hatten. Sie ließen immer genügend für die *Staublinge* übrig. Oder?

Langsam senkte Ariyah das Messer wieder auf das Gemüse vor ihr. Knubbelige Erdäpfel waren es inzwischen. Sie nahm es nur am Rande wahr. Die Feldfrüchte wechselten, doch der Haufen vor ihr wurde nie kleiner. Während ihre Hand die monotone Tätigkeit fortsetzte, jagten sich die Gedanken in ihrem Kopf, flatterten aufgeregt durcheinander.

Was wusste sie eigentlich wirklich über das Leben der *Staublinge*?

Als Kinder hatten sie alle gemeinsam Streifzüge durch das verzweigte Höhlensystem unternommen und sich auch so manches Mal zum hinteren Ausgang geschlichen. Tappende Füße, verschmierte Gesichter und blitzende Augen, schmächtige Arme mit und ohne Flügel.

Dann hatte sie mit neun Sommern ihren ersten Mantel bekommen, er war wie all ihre Tuniken von den Achseln bis zur Taille geschlitzt für ihre Flügel. Bei Sonnenaufgang hatte ihre Mutter sie vorbei an den Wächtern durch den Vordereingang auf das Plateau vor der Höhle geführt, sie fest umarmt und ihr sodann einen Schubs gegeben. Ariyah war bis zur Kante gestolpert und hatte sich geblendet umgesehen, das Licht der Sonne, das Apricot des Himmels getrunken wie eine Verdurstende. Durch Rufe erwachte sie aus ihrer Verzückung. Gegenüber auf einem weiteren Felsvorsprung hatten sich andere Kinder und Jugendliche versammelt und winkten ihr zu.

»Flieg, Kind!«, rief ihre Mutter und ohne zu zögern nahm Ariyah Anlauf, breitete zum allerersten Mal die Flügel weit aus und schwebte zu den anderen *Aeries*, die sie erwarteten. Kaum einen Blick hatte sie für die Unglücklichen, die zerschmettert am Grunde der Klippen lagen. Ebenso wenig, wie sie in den folgenden Jahren einen Blick an diejenigen verschwendete, die auf dem Erdboden dem kargen Sand die Feldfrüchte abrangen, die sie alle nährten. Sie vergaß die Gefährtinnen und Gefährten ihrer Kindheit und gab sich ganz dem Rausch der Leichtigkeit und ihrer neuen Bedeutung als angehende Wächterin hin.

Sie alle hatte sie vergessen, sobald sie zum ersten Mal ihre Flügel ausgebreitet, den Wind in den Haaren und die Sonne auf den Nickhäuten gespürt hatte.

Und sie hatte noch jemanden vergessen, wurde ihr klar, als sie zu einer Verschnaufpause auf einen Hocker an der Küchenwand sank. Stummelchen saß wie eh und je auf ihrem Kissen auf dem Küchenboden. Nahe genug am Feuer, um es warm zu haben, doch weit genug entfernt, um nicht im Weg zu sein. Vor ihr auf dem Boden lagen bunte Federn und Steinchen. Auch Ariyah hatte ihr als Kind gerne etwas mitgebracht, das sie auf ihren Forschungsreisen gefunden oder mit unbeholfenen Händen gebastelt hatte: Eine grüngefleckte Eierschale, eine Kette aus durchbohrten Rindenstücken oder bunte Blüten, die in der Küchenwärme rasch welkten. Kleine Mitbringsel aus der unbekannten Außenwelt, die Stummelchens runde Augen zum Leuchten brachten und sie in ein ansteckendes Glucksen ausbrechen ließen.

Ariyah rieb ihre Hand trocken und trat zögernd zu der zartgebauten Frau auf dem Boden: »Stu ...äh ...«, Ariyah wurde bewusst, dass die Frau mit den direkt an der Schulter sitzenden Händen und entsprechend winzigen Flügeln sicher mit einem anderen Namen geboren worden war. »Erinnerst du dich an mich? Ich bin's, Ariyah. Ich habe dir das Mobile gebastelt, damals.«

»Ari? Oh, schön. Lange her!«

»Ja, das ist es. Aber ab jetzt werde ich auch hier sein und in der Küche arbeiten.« Sie verstummte wieder. Die junge Frau vor ihr war nicht in der Lage zu arbeiten, ihren Beitrag zu leisten. Ließen die anderen sie das spüren? Und wie fühlte sie selbst sich damit? Sie hatte es gemütlich und warm, wurde versorgt. Niemand würde sie aus der Höhle stoßen. Sie waren schließlich keine Adler.

Wie als Antwort auf ihre Gedanken regte sich Volo. »Wen hast du da?«

Das Adlerjunge hatte seinen Kopf aus dem Stoff gestreckt und schaute sich um. Zuerst wollte Ariyah ihn rasch verbergen, doch als sie die Freude im kindlichgebliebenen Gesicht wahrnahm, hockte sie sich so hin, dass sie den Vogel gegen den Rest der Küche abschirmte.

»Darf ich vorstellen: Das ist Volo, ein junger Steinadler. Und das ist ... – wie nennt dich deine Mutter?«

Die junge Frau schien selbst überlegen zu müssen. »Stella, ich hieß ... heiße Stella.«

»Stella also. Bestimmt nach deinen leuchtenden Sternenaugen.« Ariyah stutzte. »Hast du die Sterne eigentlich je gesehen, Stella?«

Ein sehnsuchtsvoller Ausdruck trat in Stellas Augen, der Antwort genug war.

»Der Brei wartet! Genug gefaulenzt!« Die barsche Stimme von Köchin zerbrach den Moment.

Ariyah ordnete rasch das Tuch um Volo. Dann zwinkerte sie Stella verschwörerisch zu. Ein Gedanke formte sich in ihr. »Auf bald, Stella!«

***

Zu Beginn ihrer Küchenschicht am nächsten Morgen stellte sich Ariyah neben Küchenjunge und griff nach dem Messer.

»Danke«, hörte sie ihn wispern.

Sie nickte knapp, dann gab sie ihrer Neugier nach. »Bekommst du denn nicht genug?«

»Es ist nicht für mich.« Er stockte. »Ich stecke Stummelchen immer mal eine Kleinigkeit zu, sie hat ja sonst so wenig Freude.«

»Stella? Aber ich dachte, sie wird versorgt.«

»Sie bekommt so gerade genug.« Küchenjunge musterte sie verwundert.

»Was ist?«

»Du hast sie Stella genannt. Kaum jemand erinnert sich an ihren Geburtsnamen.«

Ariyah schämte sich, einzugestehen, dass auch sie ihn erst kürzlich erfragt hatte. Merkwürdigerweise war es ihr plötzlich wichtig, nicht nur, was *Staublinge* wie Stella und Küchenjunge von ihr dachten, sondern auch die Sache mit den Namen. »Wir haben uns auch noch gar nicht vorgestellt: Ich bin Ariyah.« Sie legte das Messer ab und streckte ihm entschlossen die rechte Hand hin.

Küchenjunge zögerte nur eine Winzigkeit, dann schlug er ein. »Meine Eltern nannten mich Venti.«

»Freut mich, Venti«, sagte Ariyah und stellte verwundert fest, dass es stimmte. »Und, wo wir schon einmal dabei sind«, sie zupfte an ihrem Tuch, »das hier ist Volo.«

Ventis Augen weiteten sich entzückt, doch dann wandte er sich rasch ab und zischte: »Achtung!«

Ariyah fuhr herum und stand direkt Köchin gegenüber. Diese blickte sofort auf den kleinen Adlerkopf, der sich aus dem Tuch an Ariyahs Brust reckte. Ariyah biss sich auf die Lippen.

»Was, bei den Lüften, ist das?«, und bevor Ariyah antworten konnte: »Wie kannst du ein freies Tier zu einem Höhlenleben zwingen?« Köchins voluminöser Busen zitterte erbost.

»Ich, er ...«, stotterte Ariyah. »Er wurde aus dem Nest geworfen und ich habe ihn aufgefangen.«

»So? Dann wirst du ihn also wieder in die Freiheit lassen?«

»Natürlich! Sobald ihm seine Schwungfedern wachsen, werde ich mit ihm üben.«

Köchin betrachtete sie prüfend. Ein melancholischer Ausdruck huschte über ihr rotes Gesicht. Er war so rasch verschwunden, dass Ariyah sich nicht sicher war, ob sie ihn sich nur eingebildet hatte. Und doch gab er ihr den Mut zu fragen: »Köchin, Ihr habt mir gar nicht Euren Namen genannt.«

Die rundliche Frau, die sich schon zum Gehen gewandt hatte, drehte sich langsam wieder um. »Weshalb willst du den wissen?«

»Ich finde es einfach richtig. Ich bin nicht nur das, was ich tue, ebenso wenig wie Ihr. Wir haben uns so daran gewöhnt, dass nur die Wächterinnen und Wächter ihre unverwechselbaren Geburtsnamen behalten. Weshalb eigentlich?«

»Elefta, ich heiße Elefta. Weißt du, was das bedeutet, du dummes Mädchen? Es heißt *Freiheit* und doch bin ich hier in dieser heißen Höhle gefangen. Bereite tagein tagaus Essen zu aus Feldfrüchten, die ich nie heranwachsen sehe. Du willst wissen, weshalb wir zulassen, dass unsere Namen in Vergessenheit geraten? Damit wir uns nicht nach mehr sehnen, als wir jemals bekommen können.« Eleftas Empörung und kaum verhohlener Schmerz errichteten eine dornige Hecke um sie herum.

Doch Ariyah war nicht bereit, so leicht einzulenken: »Aber muss das tatsächlich so sein?« Sie überlegte. »Weshalb wechselt Ihr Euch beim Kochen und Gemüse Auswählen nicht ab? Ihr seid nicht in der Lage zu fliegen, das ist wahr. Doch was spricht dagegen, dann und wann über die Felder zu gehen, die Sonne auf dem Gesicht zu spüren und den Duft des taufeuchten Grases zu riechen?«

Die beiden Frauen sahen sich direkt in die Augen. Schließlich war es Elefta, die den Blick senkte, sich mit dem Schürzenzipfel über das Gesicht fuhr und sich auf unsicheren Füßen an die Töpfe zurückbegab.

Ariyah atmete aus und entspannte die schmerzenden Schultern.

Venti grinste sie an. Das Lächeln veränderte sein ganzes Gesicht. Blass war er immer noch, aber da war ein Leuchten, das zuvor nicht da gewesen war.

***

Nach der einfachen Abendmahlzeit, die sie gemeinsam mit Venti, Stella und dem stets hungrigen kleinen Volo eingenommen hatte, machte sich Ariyah auf den Rückweg in ihre Kammer. In den dämmerigen Gängen fand sie ihren Weg fast blind. Sie ließ ihre verschmutzte Schürze in den Wäschekorb vor der Tür fallen und bedauerte zum ersten Mal den armen *Staubling*, der sich mit den Flecken darauf abplagen musste. Dann öffnete sie die Kammertür und sank auf ihr Lager. Ihr Kopf brummte. Sie sah Stellas leuchtende Augen vor sich, als sie von den Sternen sprach, Eleftas ungeweinte Tränen und Ventis hoffnungsvolles Gesicht. So viele einzigartige *Staublinge*, nein, *Aeries* mit Träumen und Ängsten. Hatte sie selbst erst vom Himmel stürzen müssen, um zu erkennen, wer hier auf der Erde um sie herum lebte, litt und hoffte?

Ein Pochen an der Tür zerriss ihren Gedankenstrom.

Caelie huschte herein. »Und, hast du dich inzwischen am Herd eingelebt? Dein Vogel ist jedenfalls noch nicht im Topf gelandet, wie ich sehe.« Sie tippte Volo an den Schnabel.

Ariyah ignorierte die geschmacklose Bemerkung. Die *Aeries* würden niemals ein anderes Flugwesen essen. Trotzdem konnte sie sich nicht verkneifen, ebenfalls ein wenig zu sticheln: »Ich habe neue Bekanntschaften gemacht und interessante Neuigkeiten erfahren. Während bei euch alles beim Alten geblieben ist, nehme ich an? Nicht der geringste Schatten eines Angreifers, kein Anzeichen irgendwelcher kriegerischer Aktivitäten.« Caelie runzelte die Stirn und Ariyah setzte nach: »Oder täusche ich mich etwa? Hat Nuvola sich besonnen und eine Abteilung Wächter abgestellt, die Lebensmittel von den Feldern hoch zu den Höhlen fliegen, um zur Abwechslung einmal etwas Nützliches zu tun?«

Caelies Stirnrunzeln vertiefte sich, sie kniff die Augen zusammen. »Was ist denn mit dir los? Schmerzt dein Arm, oder was? Du weißt doch, dass nur die immerwährende Bereitschaft der Wache uns davor schützt, eingenommen zu werden.«

Caelie wiederholte, was ihnen seit Beginn ihrer Ausbildung immer wieder erzählt wurde. Auch Ariyah hatte es geglaubt. Es glauben wollen, weil es bequem war. Doch die letzten Tage hatten sie zum Zweifeln gebracht. »Nein, ich weiß es eben nicht. Nicht mehr. Unser Volk teilt sich in Wächter und *Staublinge*. Die Wächter beschützen die *Staublinge* und die *Staublinge* versorgen und bedienen dafür die Wächter. Doch während die Wächter ihre Tage mit Kampfspielen und Wolkenhaschen verbringen, rackern sich die *Staublinge* krumm. Und dafür ernten sie nichts als Verachtung. Selbst ihre Namen nehmen wir ihnen. Auch, wenn es tatsächlich eine Bedrohung gäbe, wäre das niederträchtig. Doch ich bin mir nicht einmal sicher, ob diese angebliche Gefahr nicht einfach nur ein Vorwand ist.«

»Du glaubst doch nicht ernsthaft, dass alles nur eine Lüge ist?« Caelie sah verstört aus, doch Ariyah spürte eine Klarheit in sich wachsen.

»Ich weiß es nicht«, wiederholte sie. »Aber was ich weiß, ist, dass ein großer Teil unseres Volkes abscheulich behandelt wird und ich da nicht mehr mitmachen werde. Wenn ich morgen zurück dürfte zu den Wächtern, als Anführerin einer Bodeneinheit – ich würde ablehnen.« Ariyah erschrak selbst über die Worte, die da aus ihr heraussprudelten. Doch sie nahm sie nicht zurück. Weil sie nach Wahrheit schmeckten. Der Weg der Wächter war nicht mehr der ihre. Sie würde sich auf andere Weise für ihr Volk einsetzen. Denn was nützte Sicherheit, wenn die Seele das Fliegen verlernte?

***

»Was ist, Stella, willst du die Sterne kennenlernen?«

Stella nickte eifrig, ihre Augen glänzten und ihre Finger tanzten.

Die Küche war, wie von Ariyah gehofft, noch leer um diese frühe Stunde. Am Vorabend hatte sie noch lange wachgelegen und überlegt, wie sie ihr stummes Versprechen an Stella wahrmachen konnte. Sollte sie Stellas Eltern fragen? Elefta? Doch Stella war eine erwachsene Frau – durfte sie nicht ihre eigenen Entscheidungen treffen? Ging es nicht gerade darum? Und Ariyah würde sie ja nicht alleine lassen in der unbekannten Außenwelt. So war Ariyah nun trotz protestierender Muskeln und brennender Augen aufgestanden, noch bevor die Sonne sich erhob.

Ob Stella hier geschlafen hatte oder ganz früh hierhergekommen war? Was zählte, war, dass sie hier saß, mit glühenden Wangen und bereit, das Abenteuer zu wagen.

Ariyah hüllte Stella in ihre eigene Decke, die sie mitgebracht hatte. Stella sollte durch die ungewohnte Kühle der Außenwelt nicht abgeschreckt werden. »Dann komm.«

Stella rappelte sich unbeholfen auf.

Ariyah wählte einen wenig begangenen Tunnel zum Vorderausgang. Sie fühlte, dass Stella an ihrer Seite zitterte. »Möchtest du lieber umkehren? Wir können auch ein andermal gehen.«

Stella straffte sich. »Nein, es ist nur so ungewohnt. All die Jahre bin ich nie ... Ich kann ja nicht auf den Feldern arbeiten, was hätte es also für einen Nutzen gehabt?«

Nutzlos. Unnütz.

»Es ist nicht mehr weit, sieh und entscheide dann selbst, ob es sich für dich lohnt.«

Sie passierten die Wächter am Ausgang, die ihnen nur kurz zunickten, ohne einer von beiden in die Augen zu sehen. Im Freien blieb Stella stehen, holte tief Luft und drehte den Kopf nach allen Seiten.

So gerne Ariyah ihr den Moment gönnen wollte, mussten sie sich doch eilen. Und so stupste sie Stella sanft an. »Nur noch ein kleines Stück.«

Am Rande des Felsplateaus, verborgen hinter einem großen Stein, ließen sie sich nieder. Ariyah vergaß den Schmerz in der Schulter und Stella bewegte nur kurz die Füße, die wohl von dem ungewohnt langen Weg wehtaten, dann riss sie die Augen auf und Tränen schimmerten darin. Die letzten Sterne blinkten am Himmel, gold-orange schwebten die von der Morgenröte getupften Wolken unter ihnen.

Nutzlos. Unnütz. Und einzigartig.

Stella seufzte. »Wie wundervoll. Ich wünschte nur, ich könnte mich mitten hineinwerfen und von den Farben und Winden tragen lassen.«

Ariyah sah sie erstaunt an. Noch nie hatte die schüchterne Stella einen Wunsch geäußert. Klaglos war sie als Kind zurückgeblieben, wenn es hieß, sie sei zu schwach und würde die anderen nur aufhalten. Immer schien sie dankbar zu sein für jede kleine Freundlichkeit. Doch nun zeigte sich, dass auch sie Träume hatte. Unerfüllbare Träume wie Ariyah selbst. Hatte ihr Ariyah letztlich gar keinen Gefallen erwiesen, indem sie ihr Hoffnung auf mehr machte? Lag Elefta doch richtig?

Nein, das durfte nicht sein. Ariyah war eine Kämpferin, mit oder ohne Flügel. So schnell gab sie nicht auf. Nachdenklich strich sie Volo über das Federkleid. Der Adler hatte sich aus dem Stoff befreit und kletterte auf ihrem Schoß herum. Spielerisch flatterte er mit den kurzen Flügeln. Noch war er klein, doch ausgewachsene Steinadler waren ebenso groß wie *Aeries*. Volo würde ein kräftiger König der Lüfte werden. Und Stella war so klein und zart. Vielleicht könnte sich in einigen Jahren ihr Traum vom Fliegen erfüllen. Oder sollte Volo nicht fähig oder willens sein, ließe sich vielleicht einer von Ariyahs ehemaligen Wächter-Gefährten oder -Gefährtinnen überzeugen, mit Stella ins Morgenrot zu fliegen.

Ariyah selbst war zu schwer, um getragen zu werden. Sie wollte es auch gar nicht, denn es wäre ein trauriger Ersatz für die verlorene Flugfähigkeit. Nein – für sie würde es neue Träume geben. Das Leben auf dem Erdboden bot noch so viel, was sie erforschen konnte. Da war zum Beispiel das Meer, das sie mit seiner auf- und abschwellenden Stimme rief, seitdem sie es gewagt hatte, größere Runden allein zu fliegen. Vielleicht war das Verbot, sich der Küste zu nähern, genauso überkommen wie andere alte Regeln der *Aeries*? Eines Tages würde sie sich dorthin begeben. Einfach aus Neugier.

Ariyah fühlte sich leicht und übermütig bei dem Gedanken.

So flog also die Seele.

Nicole Pfeiffer

Das Erbe der Von Lodenburgs

Geschützt vor den Widrigkeiten des Wetters habe ich seit elf Monaten mein Lager inmitten der Müllecke des sündhaft teuren Nobelitalieners aufgeschlagen. Früher war ich mit meiner Familie hier fast täglich zu Gast. Ich will nicht sagen, dass dieser Ort heute zu meinem Zuhause geworden ist. Aber man kennt und duldet mich. Das Wichtigste ist, dass ich an diesem Ort, vor allem wenn ich schlafe, keinen Angriffen oder Bedrohungen ausgesetzt bin. Wovor mich aber keiner schützen kann, sind die meist abfälligen, manchmal auch mitleidigen Blicke einiger Gäste, die sich zum Rauchen hinter das Restaurant verirren. Ich weiß nicht, was mich mehr trifft: ihre Verachtung oder ihr Mitleid? Verunsichert zerfressen Wut und Aggression meine Eingeweide. Ich war einer von ihnen, bin einer von ihnen, auch wenn sie das gerade nicht erkennen können.

Viel mehr noch: Ich bin der Auserwählte! Der einzige Sohn, der einmal das Erbe der Von Lodenburgs antreten wird!

Meine rot unterlaufenen Augen blitzen auf. Ich spüre, wie sich Wärme in meinen geballten Fäusten sammelt, in eine sengende Hitze übergeht, die auch auf meinen Bauch und mein Herz übergreift. Reiß dich zusammen, Alex. Einatmen! Ausatmen! Einatmen! Ausatmen! Reflexartig öffne ich die Hände und sehe förmlich

Funken sprühen. Auch meine Stunde wird kommen. Irgendwann! Ich muss nur geduldig warten. Irgendwann wird Vater sterben und ich werde Alleinerbe sein. Hoffentlich bald, denn manchmal befürchte ich, Vater hat recht und ich bin nicht stark genug. Ohne Alkohol und Drogen ist für mich das Leben auf der Straße momentan nicht zu ertragen. Und auch davor habe ich mich gern in diese Auszeiten geflüchtet.

Gedankenbilder blitzen durch den Nebel in meinem Kopf. Alles lief aus dem Ruder, als ich eines Tages erfuhr, was Vater wirklich von mir dachte. Ich lief an seinem Arbeitszimmer vorbei und hörte ihn mit lauter Stimme telefonieren. »Alexander ist ein Versager! Keine Ahnung, wie ich ihn in so kurzer Zeit auf seine Aufgabe vorbereiten soll, wo bisher noch nichts gefruchtet hat. Das sind die Gene seiner labilen Mutter. Ich hätte bei der Wahl meiner Frau sorgfältiger sein müssen.«

Alles in mir rief: *Wehre dich, Alexander. Wie lange willst du dir das noch bieten lassen? Mache es für dich und Nina. Für eine gemeinsame Zukunft!* Das Blut in meinen Adern begann zu kochen, mein Atem wurde schneller, schnaufte wie eine anfahrende, an Fahrt aufnehmende Lokomotive.

Ich riss die Tür auf. »Es ist genug, ich kündige! Suche dir einen anderen Nachfolger, den du schikanieren kannst. Ich ziehe zu Nina!«

Sein starrer Blick traf mich doppelt. Einmal aus Richtung Lehnsessel und einmal aus seinem mannshohen Porträt über dem Kamin.

Plötzlich jagte ein eisiger Schauer über meine Haut, richtete meine Härchen am ganzen Körper auf, obwohl der Kamin brannte. »Ich meine das ernst! Egal, was ich mache, es ist nicht gut genug. In der Firma nicht, hier nicht und selbst Nina passt dir nicht. Ich bin nicht zu weich! Ich kann mich beweisen!«

Teilnahmslos zündete Vater seine Pfeife an. »Du bist ein Versager, Alexander von Lodenburg. Zu schwach wie deine Mutter. Und dir wird mit deinen Kindern das Gleiche passieren, wenn du nicht aufpasst bei der Partnerwahl. Nina ist nicht standesgemäß, deines Blutes nicht würdig! Hör auf meine Worte!«

»Lass Nina aus dem Spiel! Ich habe deine Vorwürfe so satt, ich habe dich satt, dieses ganze *Von Lodenburg Getue*! Ich gehe!«

»Wenn du gehst, dann mit allen Konsequenzen, mein Sohn!« Das waren Vaters letzte Worte.

Ich ging. Da half auch Mutters Flehen um Nachsicht nicht.

Natürlich sperrte Vater mir mit meinem überstürzten Auszug alle Kreditkarten, nahm mir den heißgeliebten Porsche und verwehrte mir auch den Weg in die Firma. Von einer Sekunde auf die andere war ich arbeits- und mittellos.

Leider gefiel das meiner großen Liebe Nina gar nicht. Sie wendete sich immer mehr von mir ab, setzte mich nach zwei Wochen mit Sack und Pack vor die Tür. Plötzlich war ich nichts mehr wert. Oder war es ihr Schmerz, mich so tief sinken zu sehen?

Kein Tag vergeht, ohne, dass ich an sie denke. Sie fehlt mir heute mehr denn je. Alle Versuche, sie zurückzugewinnen, scheiterten. Welche Frau will schon hinter Mülltonnen wohnen. Aber ich vermisse sie so schrecklich! Wenn wir nur noch eine gemeinsame Zukunft haben könnten.

Ich ziehe fest an meinem Joint und sehe über einer dunklen Wolke blutrot Vaters Silhouette schimmern. Ich denke zurück, sehe diesen Mann, der meine Zukunft fest im Blick und jeden meiner Schritte vorbestimmt hatte. Keine Anerkennung, kein Lob, keine Liebe. Immer nur Forderungen! Sei stark, sei unserer Familie würdig! Ich war nicht nur der Erstgeborene, ich war der einzige Sohn. Alle Last lag auf meinen Schultern. Aber es öffnete mir auch die Türen zu teuren Autos, exzessiven Partys und bewusstseinserweiternden Drogen. Letzteres hat er mir regelmäßig an seinem schweren Mahagonischreibtisch vorgeworfen. Immer, wenn ich ins Arbeitszimmer abkommandiert wurde, war klar, was passiert. Wie ein Diktator saß er in seinem braunen Lehnsessel, die Pfeife in der Hand. Der Kamin brannte auch im Sommer und die Hitze nahm mir den Atem. Schweiß lief von meiner Stirn und als Kind hielt ich ihn oft für den Teufel höchstpersönlich.

Mein Kindermädchen betrat einmal unbedacht sein Arbeitszimmer und war danach plötzlich verschwunden. Genau wie einige seiner Geschäftspartner, die er nicht in der Firma, sondern oben im Arbeitszimmer empfing.

Vater machte mir Angst, und doch war da auch das tiefe Gefühl von widerwilliger Faszination. Nie wollte ich so werden wie er, und doch spürte ich diese zwanghafte Verbundenheit, die uns wie ein Band vereinte. Ich kann nicht sagen, was dieses ambivalente Gefühl auslöst, will darüber auch nicht nachdenken, weil es mir Angst macht.

»Alexander von Lodenburg?« Eine tiefe Stimme reißt mich aus den Gedanken.

Ich schaue auf und sehe einen Mann in meinem Alter, Anzugträger, Armani, Breitling, Aktenkoffer. Wie hat der sich denn in diese Müllecke verirrt? Ich sehe ihm in die Augen, kann seinem festen Blick nicht lange standhalten. Was will er von mir?

»Sind Sie Alexander von Lodenburg?«

Woher kennt der meinen Namen? »Und wenn?«, frage ich zögerlich.

»Ich habe keine Zeit für Spielchen!« Der Mann wirft mir seine Visitenkarte in den Dreck, dreht sich um und geht.

Garbor Urbann, Testamentsvollstrecker, lese ich. »Halt, warte! Ist was mit meinen Eltern?« In meinem Kopf erwacht statt Angst Hoffnung.

Er bleibt kurz stehen, blickt gelangweilt in meine Richtung: »Verstorben! Nächste Woche Donnerstag, 11:30 Uhr ist die Testamentseröffnung. Kommen Sie, oder lassen Sie es bleiben! Und ziehen Sie sich etwas Ordentliches an! Sie stinken wie ein Frettchen.«

Dann ist er weg. Ignoriert meine Rufe. Dieser Idiot! Was glaubt der, wer er ist? Funken der Wut ballen sich in meinen Fäusten. Zeitgleich erwacht sprühende Energie in meinen Augen. Ich muss vorsichtig sein. Dreimal hat die Pappe neben der Papiertonne schon Feuer gefangen: Das Sonnenlicht brechende Glasscherben, weggeworfene Kippen, ich darf nicht auch noch unachtsam sein. Schnell drücke ich meinen Joint auf dem Boden aus, nicht ohne vorher noch einen tiefen Zug zu nehmen.

***

Zehn Tage später stehe ich im Anzug mit aufpolierten Lederschuhen vor der Kanzlei. Das letzte bisschen Würde, gelagert im Bahnhofsschließfach. Frisch riecht der Zweiteiler nicht. Aber besser als die zerschlissenen Jogginghosen und das ACDC-Shirt aus der Kleiderkammer sind sie allemal. Beim Umziehen fällt mir auf, dass meine Haut durchsichtig schimmert. Sie lässt einen Blick auf meine Blutgefäße erahnen. Es erschreckt mich. Drogen und Alkohol haben meinen Körper im letzten Jahr gezeichnet. Aber ich werde hier nicht verrecken, bevor ich weiß, was mit meinen Eltern passiert ist, und vor allem, ob ich erbe oder nicht. Ob mich Vater enterbt hat, als ich auszog? Aber steht mir dann nicht trotzdem ein Pflichtteil zu?

Ich sollte nicht so viel kiffen. Dann wäre mein Geist klarer. Verdammt! Seit Tagen zerbreche ich mir den Kopf. Wenn ich jetzt tatsächlich erbe, hat das doch einen Haken. Der Alte will mich bestimmt linken. Selbst im Tod hat der nichts Gutes im Sinn. Soll ich umdrehen?

Aber das Erbe ist meine einzige Chance. Mein Entschluss steht fest: Ich nehme es an! Ich will mein altes Leben zurück. Aber ohne Vater! Ohne seine Kontrolle! Ohne seine Maßregelungen! Und ich will eine Zukunft mit Nina, eine Familie, ein Kind, dem ich der Vater sein kann, der meiner nie für mich war. Koste es, was es wolle!

Plötzlich spüre ich eine Hand auf meiner Schulter und höre Vaters Stimme: *Richtig so, Junge! Packe es an!*

Erschrocken und mit etwas zu viel Schwung öffne ich die verglaste Tür, die laut scheppernd gegen den Stopper knallt. Ihre Scheibe erzittert und diese Vibrationen übertragen sich, laden mich mit ungewohnter Energie auf, tragen mich durch die Testamentseröffnung, und jetzt stehe ich hier, nach einer knappen Stunde, euphorisch, aber schweißgebadet, mit diesen Dokumenten in der Hand vor der Kanzlei und kann es nicht fassen. Ein Unfall, im Auto verbrannt, meine Eltern, zwei bis zur Unkenntlichkeit verkohlte Asche- und Knochenreste. Damit bin ich, Alexander von Lodenburg, der Alleinerbe der Villa, der Grundstücke, der Firma, des Vermögens. Alexander, du bist reich!

Punkt eins auf meiner Agenda: Nina zurückerobern. Wie gut, dass ich mein Handy in der Shoppingmall neben dem Bahnhof aufgeladen habe. Ich schicke ihr eine WhatsApp-Nachricht, erzähle ihr, was passiert ist und bitte sie um ein Treffen. Jetzt sofort! Wird sie kommen? Schon beim Gedanken an sie wird mir heiß und schwindelig. In mir erwacht ein Feuer, das Feuer der Leidenschaft. Es ist, als könne ich sie spüren, riechen. Ihr Geruch nach Kokos und reifen Kirschen, ihre samtweiche, roséfarbene Haut, ihre vollen, aber zarten Lippen, die meine immer umschlossen, als gebe es kein Morgen. Unglaublich! Das alles fühlt sich so echt an. Fast greifbar.

Nina ist nicht die Richtige!, höre ich Vaters Stimme.

Vor Schreck lasse ich die Mappe mit den amtlichen Dokumenten fallen. Ein verschlossener Brief, adressiert »an meinen Sohn« fällt mir in die zitternden Finger. Der war doch vorhin noch nicht dabei? Wo kommt der plötzlich her? Wieder jagt eine Feuerwalze durch meinen Körper. Dieses Mal löst sie Panik aus. Ich traue mich nicht, ihn zu öffnen. Der Brief vibriert in meinen Händen als wäre darin ein Schwarm wildgewordener Hornissen, die nur darauf warten, über mich herzufallen.

Mach ihn auf! Plötzlich riecht es nach Moschus, Kiefer und Tabak. Die Luft ist rauchgeschwängert.

»Vater?« Ich schüttele den Kopf, reibe meine feuchten Hände. Er ist tot. Ich werde verrückt! Zur Beruhigung zünde ich mir einen Joint an, lehne mich an den Mast der Straßenlaterne vor dem Eingang, suche verzweifelt Halt. Einatmen! Ausatmen! Einatmen! Ausatmen!

Ich drehe den Umschlag in meinen Händen, fühle seinen Inhalt, spüre nichts außer glühender Hitze. Alles in mir schreit: *Wirf ihn weg! Verbrenn ihn!* Ich brauche einen klaren Kopf, muss aufhören mit diesen Drogen. Die Zeiten des Berauschens müssen ein für alle Mal vorbei sein. Ein letzter Zug, dann werfe ich den Joint auf den Gehweg.

Vorsichtig, fast sanft, öffne ich die Verklebung, ziehe das handschriftlich beschriebe Blatt Papier hervor. Sofort erkenne ich Vaters großgeschwungene Handschrift. Mit roter Tinte lese ich die ersten Worte:

Alexander von Lodenburg, mein Sohn, nie konnte ich dir offen sagen, was ich für dich empfinde. Nicht, bevor du deine wahre Bestimmung erkannt hast. Es sind die Starken, die überleben und die die Zukunft aller bestimmen werden. Gib die Zügel nicht aus der Hand. Wenn mir etwas passiert, wirst du in meine Fußstapfen treten. Ob dir das gefällt oder nicht. Versage nicht! Halte das Familienerbe in Ehren und setze deine Gaben sinnvoll und weise ein. Im Arbeitszimmer findest du die ...

»Alexander? Bist du's wirklich?« Der hochfrequenten Frauenstimme folgt eine viel zu innige Umarmung.

Fast unsanft schüttele ich den Klammeraffen ab und rieche plötzlich den kräftigen Duft von saftigen Kirschen und Kokosnüssen. Ich muss nicht zweimal hinschauen, um sie zu erkennen. »Nina!«

Wieder und wieder fallen wir uns in die Arme. Es ist, als wäre es gestern gewesen.

»Das mit deinen Eltern tut mir leid«, sagt sie fast schüchtern und nimmt meine Hand. »Ich habe dich vermisst, Alex!«

»Ich dich auch«, flüstere ich. »Es gibt so viel zu erzählen.«

Wir gehen zum Italiener, dessen Hinterhof viel zu lange mein Obdach war. Wie schnell man die Seiten wechseln kann. Ich muss schmunzeln. Hier saßen wir auch früher oft, Nina und ich, wenn wir vor den strafenden Blicken meines Vaters flüchteten. Nina war ihm immer ein Dorn im Auge. »Nicht standesgemäß, nicht gut genug«, und er ließ sie dies auch spüren.

Doch all das spielt heute keine Rolle mehr. Sanft drückt Nina ihre vollen Lippen auf meine. Es fühlt sich an, als wäre unsere Leidenschaft nie erloschen. Vater ist tot und unserer Liebe steht nun nichts mehr im Weg. Stundenlang versinken wir in leckerem Essen, köstlichem Champagner und zärtlichen Liebkosungen. Was für eine Frau. Mein Ninchen, was habe ich dich die letzten Monate vermisst. Es geht bergauf, Alex. Jetzt wird alles gut!

***

Die Sonne scheint auf die Veranda, blinzelt uns in den Augen und taucht unseren wunderschönen blühenden Garten in ein unwirklich schimmerndes Licht.

Ich wende meinen Blick und schaue in ein komplett neu eingerichtetes Wohnzimmer. Edel, modern und ein wenig kitschig. Letzteres ist nicht mein Stil, aber schon allein, weil Vater es als geschmacklos empfunden hätte, ist es für mich perfekt. Unser neues Heim im weiß-gold-roséfarbenen Ninchen-Stil. Ich schmunzele. Nichts soll uns mehr an alte Zeiten erinnern.

Unser Leben könnte perfekt sein, wären da nicht die zynischen Worte und die Häme unserer Nachbarn. Seit wir hier eingezogen sind, wird hinter vorgehaltener Hand getuschelt. Der verlorene Sohn, das schwarze Schaf der Familie, zurückgekehrt, mit dem billigen Flittchen, in eine verfluchte Villa. Unsere Hochzeit mit opulenter Feier und ohne Ehevertrag zwei Monate nach dem Einzug goss Öl ins Feuer. Vater hätte mich für verrückt erklärt und mich entmündigen lassen. Aber genau deshalb habe ich es getan. Um ihm zu beweisen, dass er unrecht hat. Nina ist keine Dahergelaufene, Geldgeile aus der Unterschicht. Sie ist intelligent, führt die Firma als gleichberechtigte Geschäftsführerin, hat alle Vollmachten und ist nebenbei auch noch unheimlich sexy und charmant.

Doch die Nachbarn und selbst Freunde werden nicht müde, schlecht über unser Zuhause zu reden. Mein Absturz, der Unfall meiner Eltern und die Gerüchte, dass jedes neue Leben in dieser Umgebung dem Teufel geweiht sei. Anfangs lachten wir darüber. Doch irgendwann wurde meine Frau unruhig und besorgt. Sie fühlte sich schlecht, unsere Autos wurden zerkratzt, Geld verschwand von unseren Konten. Einmal lag sogar ein totes Schaf aufgeschlitzt auf unserem Gartenzaun. Das gab ihr den Rest und stärkte sie in ihrem Entschluss, ausziehen zu wollen.

Doch ein Von Lodenburg gibt nicht klein bei. Er wächst an seinen Herausforderungen.

Angespannt schüttele ich den Kopf, presse die Lippen fest aufeinander. Warum können die uns nicht in Ruhe leben lassen? Ich will doch einfach nur mit Nina glücklich sein. Außerdem verbot Vaters Testament eine Veräußerung des Hauses, genauso wie die Umgestaltung seines Arbeitszimmers.

Da spüre ich es wieder. Dieses Feuer in meinen Adern, das sich in meinen Augen und Fäusten sammelt, Funken sprühen lässt. Dieser Zustand macht Nina Angst. Sie glaubt, es kommt vom Alkohol und den Drogen, bittet mich immer wieder, damit aufzuhören. Doch das ist nicht so einfach.

Nina spürt meine Gedanken, meine Zweifel, die aufsteigende Wut, nimmt meine Hand und legt sie auf ihren gewölbten Neunmonatsbauch.

»Das, Herr von Lodenburg, wird dich bald um den Schlaf bringen.« Sie lacht und meine Gedanken schweifen in die Zukunft. Ein kleiner Junge, später vielleicht noch ein Mädchen? Oder auch zwei. Ninchen wird eine tolle Mutter sein und ich ein stolzer Vater. Sanft streiche ich erst über ihren Bauch, dann über ihre Wange. Sie lächelt, aber schweigt.

»Alles okay?«, frage ich verunsichert.

»Alex ... wir wollten doch schon lange ...«

»Nina, nein, bitte nicht schon wieder. Wir können jetzt nicht ausziehen. Du bist hochschwanger. Warten wir die Entbindung ab. Ich verspreche dir, dass wir uns danach noch mal in Ruhe zusammensetzen.«

»Später. Später. Ich kann es nicht mehr hören. Frau Haselborn aus der 13 sagt, dass unser ungeborenes Kind, wenn es hier geboren wird, genauso verflucht sein wird wie jeder, der hier geboren ist.«

»Dann bin ich also verflucht? Oder was willst du mir jetzt damit sagen?« Ich fasse ihre Hand, drücke sie fest. Mit der anderen nehme ich einen tiefen Schluck aus dem Whiskeyglas.

»Du machst mir Angst«, flüstert sie. »Können wir nicht doch ...«

»Nina, nein! Du willst nur wegen dieser blöden Spinnerei jetzt kurz vor der Geburt noch umziehen?«

»Genau, Alex. Ich will.« Ihr Ton wird bestimmter. »Ich werde das Kind nicht in diesem Haus großziehen. Keinen Tag wird es hier leben müssen!«

»Wir können die Villa nicht verkaufen!«

»Dann vermiete sie, lass sie leer stehen, brenn sie ab!« Beherzt greift sie nach dem Whiskeyglas und schmeißt es demonstrativ auf den Boden. Laut klirrend zerspringt es in unzählige Bruchstücke und ergießt den teuren Inhalt über die Dielen.

»Das ist nicht dein Ernst?«

»Doch! Und wenn du nicht endlich aufhörst zu trinken und etwas tust, ziehe ich aus! Mein Kind soll nicht bei einem Trinker aufwachsen.« Wutentbrannt steht sie auf und stürmt davon.

So aufgebracht habe ich sie noch nie erlebt. Was, wenn sie wirklich geht? Hatte Vater doch recht und sie ist nicht die Richtige? Aber bald sind wir zu dritt. Die Vorfreude auf meinen Stammhalter löst in mir nie gekannte Gefühle von Verlustangst verbunden mit einem animalischen Beschützerinstinkt aus. Klar könnten wir die Villa verkaufen. Aber es gibt etwas, das Nina nicht weiß. Ich fühle mich von Vaters Arbeitszimmer magisch angezogen, sitze jede unbeobachtete Minute, in der meine Frau das Haus verlässt, allein mit geschlossenen Augen in Vaters Lehnsessel und genieße den Tabakgeschmack seiner Pfeife. Nur hier fühle ich mich zu Hause, angekommen, in voller Kraft.

Ich spüre eine immer größer werdende Hitze in mir aufsteigen. Dieses aufbäumende, alles überflutende Feuer in meinen Adern.

Ich kann es immer noch nicht kontrollieren. Das stürmische Temperament meines Vaters sitzt in jeder meiner Zellen.

Brrrrr! Das automatische Garagentor und die Einfahrt öffnen sich und ich sehe Nina davonbrausen. Sie meint es ernst, haut einfach ab. Ich fühle mich wie eine kleine Feder in einem tosenden Wüstentornado, meine Gefühle werden umhergewirbelt, ich bekomme sie nicht zu greifen. Angst wechselt fast wahllos mit Zorn, Liebe mit Hass. Ich muss eine Entscheidung treffen. Jetzt!

Wie ein Magnet zieht es mich in den braunen Ledersessel im Arbeitszimmer. »Hilf mir, Vater! Was soll ich nur tun?«

***

Am nächsten Tag steht ein Umzugswagen vor unserer Einfahrt.

»Ninchen, weißt du, wer umzieht?«

»Ich, Alexander von Lodenburg. Ich und unser ungeborenes Kind!«

Im selben Moment ertönt unsere Haustürklingel.

Der erste Schock lähmt mich. »Du kannst doch nicht ...?«

»Doch, ich kann! Seit Monaten hältst du mich hin, versprichst mir, dich zu kümmern. Aber ich werde das Gefühl nicht los, du willst gar nicht weg von hier und meine Meinung zählt für dich gar nicht.«

»Das ist nicht wahr, Ninchen. Aber so einfach ist das nicht. Lass uns reden. Warte!« Aus meinen Fingern sprühen Funken.

»Du machst mir Angst!« Das erste Mal sehe ich in ihren Augen Resignation und Entschlossenheit. Sie wird gehen! Selbst wenn ich jetzt lügen und ihr den sofortigen Umzug versprechen würde.

Wieder erklingt die Türglocke. Nina geht Richtung Tür. Ich springe auf und merke, wie feurige Hitze vom Bauch in den Kopf wandert. Tränen steigen mir in die Augen und verdampfen sofort auf meinen heißen Lidern. Ich balle meine Hände zu Fäusten, versuche, meine aufsteigende Wut und Verzweiflung zu unterdrücken. Ich will nicht, dass sie geht. Ich darf nicht zulassen, dass sie geht!

Doch meine Frau hat einen Entschluss gefasst.

Ich renne an ihr vorbei, stoße sie dabei aus dem Weg, sie soll schweigen. Bei meiner Flucht aus dem Haus schleudere ich den Umzugshelfern ein Bündel Scheine vor die Füße.

»Haut einfach ab!«

Kopfschüttelnd trotten sie vom Hof und ich presche mit dem Porsche davon. Sie wird nicht gehen!

***

Seit Stunden fahre ich nun schon ziellos durch die Gegend, habe mir gleich nach der Flucht aus der Villa trotzig eine Pille eingeworfen und sie mit Whiskey hinuntergespült. Die Uhr zeigt 22 Uhr, als ich wieder vor unserer Einfahrt stehe. Das Leder auf meinem Sitz ist verbrannt, aufgerieben vom unruhigen Hin- und Herrutschen. Ich bekomme meine Gefühle nicht in den Griff. Mein Blick verschwimmt, wird unklar. Wie in einem Sandsturm jagen kleine Kristalle über meine Haut, lassen mich erzittern. Mir wird heiß und ein Schauer jagt über meinen Rücken, kreiselt und hebt mich schwungvoll aus dem Sitz. Wie in Trance laufe ich durch die Hintertür ins Haus, schaue nicht nach links, nicht nach rechts. Gehe geradewegs ins Arbeitszimmer.

Hier ist alles unverändert. Erleichtert lasse ich mich in den Lehnsessel fallen, lege meine Füße auf den schweren Mahagonischreibtisch und lasse den Kopf gegen das Kopfteil sinken. Meine verquollenen Augen fixieren Vaters Porträt über dem Kamin. Schlugen da gerade Funken?

Ring! Ring! Ring!

Das Telefon reißt mich aus den Gedanken. Woher zum Teufel hat jemand Vaters geheime Nummer?

Ring! Ring! Ring!

Ich greife nach dem Hörer, rieche ihn wieder, den Duft von Moschus, Kiefer und Tabak. »Vater?«, frage ich gegen besseres Wissen.

»Dein Kind ...« Ein Knarzen verschluckt die Worte. »Hörst du! Tot! Du hast nur noch wenige Minuten!« Das Gespräch wird unwiederbringlich unterbrochen. Plötzlich herrscht Totenstille im Raum. Das Einzige, was ich höre, ist mein viel zu schneller, hechelnder Atem und das Knistern des Feuers im Kamin.

Mein Kind, tot? Das ist nicht wahr! Das kann nicht sein! Das darf nicht sein! Was hat Nina getan? Plötzlich wird mir klar, dass sie mir völlig egal ist. Was zählt, ist nur mein Sohn.

Wutentbrannt schlage ich mit der Faust auf den Schreibtisch. Es knirscht wie brechendes Holz. Doch der Tisch zeigt keine Kerbe.

Es müssen meine Knochen sein, die nachgegeben haben. Ich spüre keinen Schmerz. Was soll ich jetzt tun?

Es knistert im Kamin. Das trockene Feuerholz fängt plötzlich wieder Feuer. Erst züngeln kleine Flämmchen, nähren sich und werden größer und größer. Es riecht nach Rauch und Ruß. Qualm steigt auf und Vaters Porträt schimmert in einem unwirklichen Schein.

»Was soll ich tun, Vater?« Verzweifelt hallen meine Worte im Raum. Keine Antwort, doch seine Augen werden lebendig, scheinen sich in Richtung Tür zu bewegen, bevor sie zurückkehren und mich kraftvoll fixieren. Seine Energie lädt meinen erschlafften Körper, labt meinen Geist. Alles in mir pulsiert. Mein inneres Feuer, das Nina oft Angst gemacht hat, beginnt erneut zu brodeln. Schwungvoll richte ich mich auf, strecke die Arme zur Seite, empfange jeden Funken von Vaters Energie. Von Lodenburg ist nicht nur ein Name!

Wieder blickt Vater zur Tür. »Geh!«

Mit aller mir zur Verfügung stehenden Kraft springe ich auf, fege dabei unvorsichtig das Whiskeyglas vom Tisch und renne hinaus. Ich muss wissen, was mit meinem Kind ist. In mir erwacht eine Glut, die ich schon immer kenne, die ich aber das erste Mal bewusst verspürte, als Nina vor einigen Stunden ausziehen wollte. Seitdem nimmt die Hitze unablässig an Kraft zu.

Es ist kein Laufen, eher ein Fliegen über die Treppenstufen hinab ins Eingangsfoyer. Ich stolpere und wäre fast hinaus zur Tür, hätte mich nicht der metallische Geruch von Blut ausgebremst. Es riecht nach rostigem Eisen. Wenn Gerüche eine Temperatur hätten, dann wäre dieser kalt. Eiskalt!

Ich drehe mich um, will schauen, was es ist. Sehe einen schemenhaften Schatten auf dem Boden vor der Treppe, daneben einen zweiten kleineren. Der Flur ist dunkel, nur das Licht des Mondes lässt zwei Körper erahnen. Katzenhaft springe ich in einem Satz dorthin, wo ich die Beute erahne, grabe meine Zähne tief ins Fleisch. Doch der Körper ist kalt. Es fließt kein Blut mehr. Wie schade! Dann vielleicht der zweite. Gerade will ich zubeißen, da rieche ich diesen Geruch, dieses unverkennbar moschusartige, rauchige, mit Tabak versetzt.

Vater?

Das kann nicht sein. Ich muss mich irren, bin kurz irritiert. Schnüffle, will sicher sein. Doch der Duft von reifen Kirschen und Kokos irritiert meine Nase. Ich drehe mich um und erkenne die Reste von Nina, ihr Bauch ist zerfetzt und ausgeweidet. Dann ist das, was hier vor mir liegt, mein Baby. Fast sanft fassen meine Krallen dieses kleine schlaffe Wesen, liebevoll schaue ich in seine starren blutunterlaufenen Augen und lege meine heißen Lippen an seine. Sie sind warm. Es ist noch nicht zu spät. Ich hauche ihm Atem ein. Den Atem der Von Lodenburgs. Es beginnt, sich zu regen und fasst mit seinen Fingern nach meiner Wange. Ich spüre ein leichtes Kratzen, drehe meinen Kopf und sehe winzige, aber scharfe Krallen.

»Vater! Das musst du dir ansehen.« Wild entschlossen springe ich in einem Satz die Treppen hinauf, halte den Kleinen fest und sicher an meiner Brust. Aus dem Arbeitszimmer lodern mir erste Flammen entgegen, ich leite sie um in den Flur, die Treppe hinab, gebe ihnen Kraft, die sie nutzen. Kurz bin ich geneigt innezuhalten, diesen Moment zu genießen, den Flammen beim wilden Umsichgreifen zuzusehen. Doch es gibt Wichtigeres zu tun!

»Vater! Sie ihn dir an! Ist er nicht einzigartig, wunderbar, ganz fantastisch?«

Doch Vaters Porträt ist leer. Nein, das darf nicht sein! Nicht jetzt! Nicht in diesem Moment! Noch nie war ich ihm so nah wie jetzt!

Ich stürme ins Zimmer, weiß nicht, was ich in meiner Aufregung tun soll.

»Gib ihn mir!« Es ist Vaters Stimme. Er sitzt im Lehnsessel. Gott sei Dank!

Ich gebe ihm seinen Enkel, meinen Sohn, setze mich zu ihm auf die Lehne.

»Er könnte edler und stärker sein. Nina war nicht die beste Wahl, mein Sohn. Aber immerhin hat ihre Leidenschaft gereicht, uns einen Stammhalter zu schenken. Seien wir ihr gnädig.« Schallendes Gelächter erfüllt den Raum. Und plötzlich fällt es mir wie Schuppen von den Augen. Ich bin ein Von Lodenburg, ein Auserwählter. Nicht ganz so, wie ich das einst dachte. Nein, viel besser. Ich wirbele mit meiner Hand durch die Luft, erzeuge einen Wind, der das Feuer weiter anfacht und blase es mit einem kräftigen Atemzug hinfort. Es soll sich verteilen, nähren, Besitz ergreifen von allem irdischen Hab und Gut.

Draußen höre ich Sirenen. Ihr seid zu spät. Uns könnt ihr nicht aufhalten!

Mit einem Atemzug entfache ich erneut eine riesige Stichflamme, die einem Fegefeuer gleich durch die Villa prescht. Die Hitze wird größer, versengt die Möbel, Teppiche, Tapeten.

Mit einem ohrenbetäubenden Knall ist unsere irdische Zeit vorbei. Unsere Aufgabe hier haben wir erledigt. Fegefeuer, wir kommen und bringen dämonischen Nachwuchs mit.

Debsi Peps

Schmetterlingsmann

Ich wache auf, weil mein Nacken schmerzt. Hebe meinen Kopf. Stütze mich dabei auf dem Schreibtisch ab. Der Plastikhefter klebt an meiner Wange. Fällt mit einem Klatschen zurück auf den Tisch. Auf dem Papierstreifen im Rand steht *Marika Solnich Grundkurs Musik*. Warum habe ich das Fach nicht abgewählt, als ich noch konnte? Unter dem Plastikdeckel werfen die Hausaufgaben mit Vorwürfen um sich. Der Anblick ist unerträglich. Bleib stark, Marika. Es ist nur Papier. Wenn es dir zu blöd kommt, machst du einfach ein Schiffchen draus und setzt es im Landwehrkanal aus. Dann kann es mal sehen, ob es mit seinen Vorwürfen bei den Enten mehr Glück hat. Die Hausaufgaben stehen unverändert da. Mitten auf einem Notenblatt. Es sind schwarze Kleckse, weiße Kreise, manche wie schiefe Lollis, andere winken mit Fähnchen.

Wieder steigt dieser öde Nebel auf. Überall bildet er sich, auf dem Boden, auf den Möbeln und leider auch in meinem Innern. Er kommt aus meinen Ohren und meiner Nase gekrochen. Er umgibt mich, seit in der Schule alle nur noch über das Abi reden. Die Lehrer, meine Eltern, selbst meine besten Freundinnen Schrucke und Palle. Um mich herum riecht es nach altem Papier unter einer Decke von vertrockneten Hautschüppchen. Nur dunkel erinnere ich mich daran, wie das strahlende Sonnenlicht die Farben zum

Leuchten brachte. Die Luft roch nach frischgemähtem Gras und Himbeeren. Selbst inmitten der Großstadt.

Ich wate durch den wabernden Nebel, öffne das Fenster, doch die Luft steht. Der Nebel, der mich umgibt, bleibt, wo er ist. Der Nebel in meinem Kopf hält mich fest. Bei jedem Atemzug verliere ich zusehends die Lust auf den nächsten.

Mit letzter Kraft werfe ich mich aufs Bett. Ziehe mit meinen Füßen das Radio am Kabel an mich heran. Mit ausgestreckten Armen kann ich es geradeso berühren und schalte es ein.

Ein Gitarrensolo schiebt den Nebel mit einem strahlenden Licht von mir fort. Nie habe ich solche Töne gehört. Sprudelndes Prickeln durchfährt mich in allen Farben des Regenbogens. Gänseblümchen auf einer Frühlingswiese und süße Mango. Saftige Düfte erfüllen den Raum. Die Töne jagen einander, tänzeln, springen. Bunt schimmernder Glitzerstaub hüpft im Rhythmus der Musik. Mein Kopf ist ausgeschaltet, meine Haut nimmt die Reize der Umwelt auf und leitet sie direkt in meinen Körper. Ich wachse. Tief atme ich die Freiheit. Die geballte Kraft eines Meteoriten durchströmt mich. Ich kann sie für alles nutzen, was ich möchte. Die Gitarrenklänge brechen ab.

»Das waren die Go Tsts mit ‚Uplifting sun'.« Die Stimme des Radiomoderators bringt mich zurück in meinen faden Nebel, durchtränkt von Hautschüppchen und altem Papier. Er drückt mir auf die Lungen.

Was vor diesem prickelnden Erlebnis beklemmend war, ist jetzt unerträglich. Die Go Tsts. Ich brauche sie. Sonst überstehe ich den Tag nicht mehr. Schnell in den Musik-Streamingdienst eingeben. Hier: »Uplifting sun«. Lichter, Kribbeln, Luft, unvorstellbare Kraft.

Ich brauche mehr. Die werden doch bestimmt Konzerte geben. Hier steht's. Morgen. Unglaublich. Das ist Schicksal. Nur 200 Kilometer entfernt. Da muss ich hin. Atmen ist wichtiger als Schule.

***

Es ist eng. Immer mal wieder sorgt künstlicher Nebel für ein Gefühl von Privatsphäre, auch wenn ich mit lauter Unbekannten dicht an dicht stehe. Wenn die Nebelmaschine loslegt, sehe ich kaum noch meine Hand vor Augen. Noch hat es keiner ausgenutzt und die Fühler ausgestreckt. Voll anständig.

Hey! So ein Idiot. Mit Sonnenbrille in tiefster Dunkelheit. Ich greife seine Finger, will sie von meinem Po trennen und wegpfeffern. Doch der denkt, ich will Händchen halten.

»Ey nee. Kein Interesse.« Ich lasse seine Hand so deutlich wie möglich fallen. Werde weitergeschoben. Das da müsste die Bühne sein.

Die Vorband bringt uns ganz schön ins Schwitzen. Von klebrig dampfenden T-Shirts umgeben, stoße ich mit meiner Nase ständig in irgendeine Achselhöhle. Vor mir ein Glatzköpfiger im Muskelshirt mit mächtigem Tattoo auf dem Oberarm. Sein Schweiß riecht dumpf. Der von dem Langhaarigen im klatschnassen T-Shirt eher scharf. Bei der Frau neben mir wetteifern Bier und Parfum mit dem Schweiß um Aufmerksamkeit. Die Vorband verabschiedet sich.

Normalerweise würde ich Abstand suchen. Raus auf die Straße, an die frische Luft flüchten. Doch ein leuchtendes Energieband umgibt uns. Der Sog der Erwartung auf ein Regenbogengewitter. Die Luft knistert, während wir gebannt auf die leere Bühne starren. Ein Typ nimmt das Mikro, entschuldigt sich dafür, dass es zu einer Verzögerung kommen wird. Das Energieband zieht sich zusammen und drückt ein gemeinschaftliches Buhen hervor.

Aus der ersten Reihe rauscht ein rhythmischer Sprechgesang heran. Die Welle erreicht die hintere Reihe, in der ich stehe. »Go Tsts. Go Tsts. Go Tsts.« Sie schwillt an, wächst meterhoch und peitscht auf uns alle nieder, als vier Leute mit Instrumenten in der Hand die Bühne betreten. Nach dem Sturm brodelt vermeintliche Ruhe. Die Sängerin und Trompeterin stellt ihre Band vor. Wieder Sturm. Schlagzeug, Bass und Trompete. Sie legen los. Begeistert klatsche ich in die Hände, springe und sprinte auf der Stelle, im Rhythmus der Musik, mit dem dumpfen Schweißtyp um die Wette. Als die Gitarre einstimmt, verschwinden die Tänzer. Ich laufe über einen Regenbogen, zarte Schmetterlingsflügel kitzeln meine Haut. Ich wachse mit jedem Ton, mit jedem harmonischen und jedem schrägen Akkord, der erfrischend und belebend dazwischenfunkt. Der Gitarrist ist mein Superheld. Wenn ich mit ihm zusammen wäre, könnte ich täglich auf einem Regenbogen spazieren. Nie hätte ich gedacht, dass ich ein Musikmensch bin. Bin ich auch nicht.

Was, sie hören wieder auf zu spielen? »Zugabe! Zugabe!« Weiter geht's. Ich atme frei und springe über das saftige Gras von Sommerwiesen. Schon wieder bricht die Musik ab. Dabei haben wir doch gerade erst angefangen.

Die Sängerin bedankt sich für das Konzert. Wir seien ein umwerfendes Publikum. Das Licht geht an. Musik aus der Dose scheucht die Konzertbesucher nach draußen. Zögerlich folge ich ihnen. Will mich noch nicht trennen. Draußen erwartet mich der Rückweg in den drückenden Nebel, der rund um meinen Schreibtisch und in der Schule lauert. Ich bleibe stehen.

Die Band baut ihre Instrumente ab. So wie sie spielen, werden sie bald Leute haben, die das für sie machen. Der Gitarrist macht etwas mit den Kabeln an seinem Verstärker. Sein Instrument hängt schillernd und unbeschreiblich schön über seiner Schulter. Geschlossene Flügel eines Schmetterlings. Ich nehme meinen Mut zusammen. »Hey! Du spielst echt gut!« Weil ich nicht weiß, ob er mich versteht, hebe ich den Daumen in die Höhe.

Er lächelt mich an.

Hat er mich gesehen, als ich über den Regenbogen tanzte?

Jemand aus der Band sagt etwas. Der Gitarrist dreht sich mit dem Rücken zu mir und spricht mit den anderen. Die Bandleaderin steht etwas abseits. Die Arme vor der Brust verschränkt.

So plötzlich ohne Leute ist es ganz schön kalt hier. »Hey, I am Marika.« Damit sie weiß, was ich von ihrer Musik halte, sage ich noch: »You rock.«

Sie lächelt. Leider wäre das ihr letztes Konzert in Deutschland. In drei Wochen beginnt ihre Südamerikatour. Erster Auftritt in Mérida. Venezuela.

Wie soll ich denn da hinkommen?

***

Zuhause gucke ich auf den Globus. Richtung Westen ist kürzer als Richtung Osten. Bis Hamburg könnte ich mit dem Zug fahren oder trampen. Aber dann kommt schon bald die Nordsee und etwas weiter links der Atlantische Ozean. Das ist echt viel Wasser. Die Haupttöne einer Phrase tanzen in meinem Kopf. Mit gespitzten Lippen lasse ich sie heraus. Sie tanzen durchs Zimmer, während ich durchs Internet surfe. Im Accelerando pfeife ich die Phrase, bis sie mir um die Ohren schlägt, als würde ich mit dem Surfboard schon über den Ozean rasen.

Am schnellsten geht es bestimmt mit dem Flugzeug. Autsch, Flüge sind teuer. Wie lange man wohl mit dem Boot braucht? Wahnsinn. Auf dieser Seite steht, dass man von Hamburg mit Containerschiffen mitfahren kann. Reisezeit 23 Tage. Zwei Wochen bis Cartagena, Kolumbien. Dann nach Panama, dann wieder Cartagena, dann Venezuela. Ich würde fast genauso lange in der Karibik im Kreis fahren, wie ich den Atlantik überquere. So ein Quatsch. Dabei ist es gar nicht so weit von Cartagena bis Mérida. Es muss doch eine Busverbindung geben. Hier. Von Cartagena über Baranquilla, Cúcuta, San Antonio del Táchira nach Mérida. In nur 28 Stunden. Das ist fast nur ein Tag. Das mache ich. Die Phrase, die bis jetzt durchs Zimmer tanzte, kommt zu mir zurück, durch meine Ohren, in meinen Körper, in mein Herz. Hier wird sie stark. Zieht mit einer solchen Kraft an mir, dass ich mit Packen kaum hinterherkomme.

***

Die Fahrt mit dem Containerschiff ist okay. Supernette Leute. Aber Boote sind nicht meins. Ständig dreht es in meinem Kopf oder es rumpelt in meinem Magen. Die Leute von der Schiffsbesatzung reden viel mit mir. Vor allem Jorge und Carlos sind immer an meiner Seite. Sie sind schon seit einigen Monaten unterwegs. In Panama werden sie an Land gehen. Dann können sie ihre Freunde und Familie wiedersehen. Als Jorge den Job auf dem Schiff bekam, heuerte Carlos auch gleich an. Weil er ihn sonst vermisst hätte. So habe ich es verstanden. Sie sprechen mit mir, obwohl ich kein Spanisch kann. Aber es ist ihnen egal. Ich fühle mich noch mehr zuhause als in Berlin bei meinen Eltern. Die sind voll okay. Aber haben eben viel um die Ohren. Ich kann mir nicht vorstellen, dass meine Eltern so geduldig mit mir reden würden, wenn sie wüssten, dass ich nichts verstehe. Carlos und Jorge aber lachen, nicken und denken sich irgendwas zu meinem Gebrabbel.

Jorge sagt, Wörter seien nicht so wichtig. Ich muss aufs Herz hören. Die Magie entsteht, wenn klare Herzen aufeinandertreffen. Jedenfalls denke ich, dass er das gesagt hat. Die beiden finden es auch gar nicht seltsam, dass ich einem Lied hinterhergefahren bin. Die treibende Phrase ist auch bei ihnen angekommen. Jeder summt oder singt sie vor sich hin. Sie mutiert, gewinnt dadurch an Energie. Selbst in der Schiffsküche bin ich schon Variationen dieser Phrase begegnet.

Sie passt sich an jede Umgebung an. Belebt die Welt. So weit trägt mein Lieblingslied. Ohne meinen Traummann gäbe es dieses Lied nicht. Denn wie könnte es so eine vollkommene Schönheit erreichen, wenn nicht durch diesen krassen Musiker mit seiner schillernden Gitarre. Jedenfalls, als ich meinen neuen Freunden von meinem Reisegrund erzählte, hat sich keiner abgewendet. Keiner hat »Hä?« geschrien, wie es Schrucke und Palle machen würden. Und natürlich haben Jorge und Carlos mich verstanden. So etwas spüre ich doch.

Komischerweise verstehe ich immer mehr. Neulich hat Jorge was gesagt und ich habe geantwortet. Während ich sprach, dachte ich, Marika, was redest du da? Die Wörter gibt es doch gar nicht. Aber es gibt sie und Jorge hat mich verstanden. Da kann ich echt was lernen, indem ich mir selbst zuhöre.

Jorge und Carlos singen viel. Ich klopfe dann den Rhythmus dazu. Bin mir nicht sicher, ob es der richtige ist. Im Musikunterricht sagt Frau Roth immer, dass ich den Rhythmus nicht treffe, dass ich irgendwie zeitversetzt klopfe. Die beiden klopfen auch zeitversetzt. Wenn Frau Roth jetzt hier wäre, würde sie mit ihrem Rhythmus danebenliegen. Sie wäre überstimmt.

Jorge hat ein längliches Holzstück, so etwas wie ein Tischbein, in der Hand und greift es wie eine Gitarre. Carlos singt und beschwert sich hin und wieder, dass Jorge die falschen Akkorde greift.

Ich frage, ob ich auch spielen darf. Ich könne es aber nicht. Carlos verschwindet hinter einer Tür und kommt bald darauf mit einem Stift wieder. Er fragt mich, ob ich Gitarre oder Ukulele lernen möchte. Ukulele sei einfacher. Er zeichnet vier Saiten auf das Tischbein und die nächsten Tage lerne ich Ukulele.

Meine Lehrer sind mit meinen Fortschritten so zufrieden, dass sie schon bald zwei weitere Saiten aufzeichnen. Meine erste Gitarrenstunde beginnt. Jorge und Carlos wechseln sich ab. Auch wenn meine Akkorde nicht zu hören sind, schmerzt es das musikalische Gedächtnis meiner Freunde, wenn ich den falschen Akkord zu ihrem Gesang greife oder wenn ich die Saiten falsch anschlage.

Ich weiß nicht, ob sich jemals zuvor jemand so dahinter geklemmt hat, dass ich was lerne. Von mir aus könnte es ewig so weitergehen.

Bald erreichen wir den Hafen von Cartagena. Mit Tränen in den Augen verabschieden wir uns. Ich umarme beide gleichzeitig. Will sie nicht mehr loslassen. Sie lachen über mich. Nennen mich ein sympathisches Faultier. Dann greife ich meinen Rucksack und mache mich auf den Weg zum Busbahnhof.

Die Luft ist warm und feucht. Sie ist so schwer, dass ich sie fast greifen und hochstemmen kann. Nur dass die Luft darunter genauso schwer ist. Also lasse ich das mit dem Luftheben und genieße dieses unglaubliche Sonnenlicht. Es ist so hell, dass alles, was es bestrahlt, kräftig in der eigenen Farbe leuchtet. Solche Farben habe ich noch nie gesehen und ich bin schon 18 Jahre alt und habe mich umgeguckt.

***

Endlich ist es soweit. Seit ein paar Tagen bin ich in Mérida. Untergekommen bin ich bei Yelitza. Sie hat mich am Busbahnhof abgefangen und mir eine kostengünstige Unterkunft bei ihr zuhause angeboten. Also bin ich hin. Heute bereitet sie Arepas zum Frühstück. Ich darf mitmachen. Dabei pfeife ich wieder die Phrase aus »Uplifting sun«. Dann eine Jorge-und-Carlos-Variante davon. Yelitza stimmt mit ein. Wieder mutiert die Phrase, wächst, gewinnt an Schönheit.

Außer mir leben noch Yelitzas Tochter Keila und Ruben, irgendein anderer Verwandter, bei ihr. Also machen wir ganz viele Arepas. Erst mischt sie Maismehl und Wasser und dann machen wir kleine Teigkugeln und stapeln sie auf einem Teller. Yelitza schmeißt die Pfanne an und ich klopfe die Teigkugeln zu handtellergroßen Fladen. So, wie sie es mir gezeigt hat, forme ich den Rand mit der Handkante. Das heiße Öl in der Pfanne spritzt in kleinen Tröpfchen aus unzähligen Springbrunnen um die Arepas. Eine schwungvolle Begleitung für unsere Melodie.

Yelitza lächelt mir zu. Wenn sie nicht singt, erzählt sie mir Dinge. Was, weiß ich nicht genau. Ihre klare Stimme plätschert freundlich. Da kann ich mich nur wohlfühlen. Yelitza findet es nicht gut, dass ich allein gereist bin und will mich nachts auch nicht ohne Begleitung aus dem Haus gehen lassen. Meine Hände zittern und vor Schreck fällt mir glatt die Arepa runter. Doch dann verstehe ich, dass sie mitkommen will. Sie sei schon viel zu lang nicht mehr tanzen gewesen. Das ist natürlich was anderes. Mit ihr zusammen gehe ich gern. Sie hat mit mir ihre Wohnung und ihr Essen geteilt. Im Gegenzug teile ich gern meine liebste Musik mit ihr.

***

Heute ist das Konzert. Der Raum wirkt schmal. Vielleicht ist er es gar nicht. Vielleicht wirkt er nur so, weil ich mich kaum einen Schritt weiterbewegen kann, ohne dass ich mich durch eine Masse von Menschen pressen muss. Yelitza habe ich irgendwo am Eingang verloren.

Jetzt sehe ich die Bühne deutlich. Die Go Tsts stehen im Scheinwerferlicht. Nur wenige Meter vor mir.

Höflich klatscht das Publikum. Die werden sich schon wundern, wenn es losgeht. Sie werden sich nicht zurückhalten können.

Der Gitarrist stellt die anderen Bandmitglieder in den Schatten. Er ist unglaublich. Der heißeste Typ, den ich je gesehen habe. Die Gitarre hängt lässig um seine Schulter. Fein, leicht und elegant sprudeln die Töne nur so aus ihren Saiten. Glitzernde Mikrosterne schweben über dem Regenbogen. Leuchten kräftiger denn je. Je stärker die Farben, je deutlicher die Kontraste, desto sicherer bin ich mir, dass ich nur in der Nähe dieses Gitarristen bestehen kann. Ich weiß immer noch nicht, wie er heißt. Seine Musik ist wie tausend kleine Flügelschläge. Wenn die Namen gesagt werden, unterlegt er das Gelaber mit zart purzelnden Tönen. Er ist mein Schmetterlingsmann. Ohne ihn fehlt dem Leben der Atem. Auch die Leute um mich herum spüren es. Eine Leichtigkeit durchströmt die Menge. Die Leichtigkeit hat die Schwerkraft besiegt. Wir schweben durch die Luft. Einige kopfüber, andere machen Pirouetten. Ganz im Rhythmus der Musik, deren Intensität sie folgen. Endlos. Doch viel zu kurz. Nachdem die Go Tsts ihr gesamtes Repertoire doppelt gespielt haben, schicken sie uns nach Hause. Das Publikum schiebt sich langsam über den Boden Richtung Ausgang. Die Schwerkraft ist in voller Stärke zurückgekehrt.

Der Schmetterlingsmann steht mit seiner Gitarre um den Hals neben der Bühne. Ich gehe auf ihn zu. Er lächelt mich an und nickt sich in Stimmung. »I've seen you, somewhere in Europe.«

Er erkennt mich wieder. Ich kann mein Glück nicht fassen. Stumm lächle ich ihn an. Wage nicht zu blinzeln, aus Angst, er verschwinde während des Wimpernschlags. Ob ich ihn nach einem Date fragen kann? Unsicher bewege ich mich auf der Stelle.

Die Lichter gehen an. Leute rennen durcheinander. Jemand ruft uns zu: »Eine Razzia!« Schon ist er wieder weg. Was ist damit gemeint? Ich zucke mit den Schultern und wende mich wieder dem Schmetterlingsmann zu. Will ihn fragen, ob wir uns mal treffen wollen.

Doch er guckt sich unruhig um. »Meet me tomorrow at four? At the plaza. Next to the statue of Simón Bolívar.«

Ich nicke. Aber er hat sich schon zwischen die Leute gemischt, die aus dem Raum drängen. Alle wissen, was zu tun ist. Außer mir. Da hinten sehe ich Yelitza. Sie schaut sich in diesem wilden Durcheinander um. Der Blick verwirrt. So wie ich mich fühle. Dann sieht sie mich, umarmt mich, als wäre ich ihre verlorene Tochter.

Langsam bewegen wir uns auf das Knäuel Menschen zu, das den Ausgang blockiert wie ein Rudel Badewannenstöpsel.

Die Polizei steht am Eingang und pickt einzelne Leute raus, die sie durchsucht. Ich hoffe, mein Liebster hat es bis nach draußen geschafft. Wenn ich nur wüsste, wie er heißt. Er sah so schuldbewusst aus, als hätte er garantiert etwas Verbotenes dabei.

Jemand wird rausgezogen. Ein Polizist greift ihm in die Tasche, nimmt etwas heraus und hält es ihm vor die Nase. Der Typ schaut den Polizisten mit Hundeblick an. Ob das wirkt? Vielleicht. Vielleicht ist seine Sonnenbrille auch von einer teuren Marke, so wie seine ordentlichen Klamotten. Der Polizist zuckt mit einer Schulter, packt das Päckchen in seine eigene Tasche und hält dem Typen die Hand hin. Der legt ein paar Tausender rauf. Der Polizist verzieht das Gesicht. Daraufhin legt der Typ noch ein paar US-Dollarscheine drauf. Der Polizist klopft ihm auf die Schulter und lässt ihn gehen. Ein anderer hat weniger Glück. Er hat kein Geld dabei. Seine Freunde legen zusammen. Der größte Schein ist ein 500-Bolívar-Schein. Damit kann man keinen Polizisten zum Gesetzesbruch bringen. Jemand fragt uns: »Habt ihr vielleicht Geld? Wir brauchen noch zwei Millionen.«

Ich habe noch zwei Fünf-Euro-Scheine in der Tasche. Der Bolívar verliert seinen Wert so schnell, dass man besser mit ausländischen

Währungen zahlt. Ich will meine Scheine nicht abgeben. So ganz mit leeren Taschen fühle ich mich unwohl. Yelitza schüttelt den Kopf. Sie meint, bei fast jedem ließe sich was Ungesetzliches finden und dass wir in der Schlange ziemlich weit hinten stehen. Wir könnten nicht jeden freikaufen. In meinem Kopf dröhnt unsere Phrasenmutation, die beim Kochen entstanden ist. Ich singe sie vor mich hin, stupse dabei Yelitza an. Sie sieht mich mit geweiteten Augen an und schüttelt deutlich den Kopf. Eilig verschließe ich den Tönen den Ausgang. Sie prallen an meinen Lippen ab, werden zurück in den Hinterkopf geschleudert, donnern dort gegen den Schädelknochen und schießen wie Flipperkugeln kreuz und quer durch meinen Kopf. Die Lippen presse ich aufeinander. Wie wild stoßen immer neue Töne dagegen. Doch ich lasse sie nicht raus.

Der Junge, den sie rausgezogen haben, ist klein und schmal. Daneben wirken die Militärpolizisten besonders bedrohlich. Ich gebe seinem Freund einen Fünfer. Der bedankt sich. Es wird aber nicht reichen. Der Junge wird mitgenommen. Ich fühle mich schlecht, weil ich dem Jungen nicht mein ganzes Geld gegeben habe. Der Fünfer ist jetzt auch weg.

Als wir fast den Ausgang erreichen, werden wir gestoppt. Yelitza hält mich am Arm fest, als fürchte sie, jemand könne kommen und mich wegreißen.

»Das ist doch nicht Ihre Tochter. Haben Sie sie entführt?« Der Polizist zeigt Yelitza seine Zähne. Macht irgendwas zwischen Lächeln und Zähnefletschen. »Das ist ein Verbrechen. Und was für eins!«

Ich krame in meiner Gürteltasche. Will meinen Ausweis rausholen. Schließlich bin ich volljährig und Yelitza kann nicht für mich verantwortlich gemacht werden. Doch Yelitza drückt meinen Arm und als ich sie ansehe, schüttelt sie ganz leicht den Kopf, eigentlich ist es viel mehr eine Augenbewegung.

»Epa, José Antonio. Guck mal, hier ist eine Kindesentführerin.« Zu Yelitza sagt er: »Was ist es dir wert, dass ich die Augen zudrücke?« Er ist in seinem Element. Rückt näher an Yelitza ran. Dabei sieht er aus, als versuche er, seine Schultern weiter auseinanderzudrücken, wie Hulk oder sonst eine Comicfigur. »Keine Sorge, Prinzessin. Wenn du mir ein Kuss gibst, vergessen wir das Ganze.« Er spitzt die Lippen.

Seine Kollegen lachen. Sie winken die restlichen Besucher durch und scharen sich um uns und den Kussfreudigen.

Die Töne in meinem Kopf halten inne, pressen ihre winzigen Tonlippchen aufeinander, machen keinen Mucks. Eine kalte klebrige Masse schießt in meinen Kopf, hält Töne und Gedanken in Schach. Ich glaube, mein Herz hört auf zu schlagen.

Yelitza zieht die Augenbrauen zusammen, blickt dem Frosch ins Gesicht. »Nein!«

Die anderen Polizisten grölen vor Lachen. »Gerardo. Das ist aber Pech. Nicht mal, wenn sie zwischen dir und dem Knast wählen muss.«

Der kusswillige Gerardo findet das offensichtlich nicht gut. »Du könntest schön sein, wenn du nicht so verbittert dreinschauen würdest. So will dich doch keiner.« Er sieht sich unter seinen Kollegen um. »So eine Bittere hätte ich eh nicht geküsst.« Dann greift er nach Yelitzas Handtasche. Öffnet sie. Wühlt darin herum, zieht ihre Geldbörse heraus. »Mal sehen, ob du wenigsten hier was zu bieten hast.«

Oh nein. Heute Morgen habe ich Yelitza meine Wochenmiete bezahlt.

»Guckt mal, Jungs. Euro-Scheine!« Er nimmt das Geld, drückt Yelitza das leere Portemonnaie in die Hand. Er bedeutet uns zu gehen.

***

Bei Yelitza zuhause werfen wir uns jede auf einen Sessel der Sitzgruppe im Wohnzimmer. Keila streckt sich schon auf dem Sofa aus, fragt uns, wie es war.

Ruben sagt irgendwas über unsere Gesichter, geht in die Küche und kommt mit zwei Gläsern Papaya-Saft zurück. »Vitamine machen fröhlich.«

Er hat recht, langsam zieht sich das klebrige Gel zurück und die Töne in meinem Kopf bewegen sich wieder. Noch rollen sie sehr vorsichtig. Yelitza trommelt mit den Fingern auf der Sessellehne. Bald schnalzt sie rhythmisch mit der Zunge. Summt unsere Phrase.

Die Töne in meinem Kopf schütteln sich. Einer nach dem anderen hüpft fein und elegant aus mir heraus. Sie schließen sich Yelitzas Rhythmus an.

Wir stehen auf. Tanzen unsere neue Melodie, bis unsere Mundwinkel wieder neben den Ohren eingerastet sind.

***

Das Ende des gestrigen Konzerts klebt mir noch im Gemüt. Yelitza wollte mich heute gar nicht gehen lassen. Trotzdem wollte ich raus. Der Gedanke an mein Date mit dem Schmetterlingsmann zieht mich mit ungeheurer Kraft auf die Straße.

Da vorne sind sie. Die Go Tsts haben sich neben der Statue vom Nationalhelden Simón Bolívar aufgestellt und rocken. Das beste Straßenkonzert, das die Welt je gesehen hat. Ein paar Passanten bleiben stehen. Manche tanzen. Andere gehen weiter. Wie kann man nur an so etwas vorbeigehen? Dieses Erlebnis muss man in jeder Zelle des Körpers speichern. Die Zellmembran muss neben ihren hydrophilen Polen auch musikophile Pole haben. Davon hat Frau Schneider in meinem Bio-Leistungskurs zwar nichts gesagt, aber das spürt man doch. Winzige Teile der Zellmembran, die kleine Tonfolgen und Rhythmen speichern. Je mehr du davon speicherst, desto besser funktioniert dein Herz. Bestimmt wird die Forschung auch irgendwann einmal darauf kommen, dass das Erleben von Musik eine Herzinfarktvorsorge ist. Wenn die Forschung selbst nicht darauf kommt, kann ich mich auch ein bis zwei Jahre nach der Schule diesem Thema widmen. Ich weiß ja schon, dass es so ist. Jetzt muss ich nur noch die Beweise finden und jemanden, der bereit ist, mich zu finanzieren.

Da stehen sie und ich tanze. Die musikophilen Pole meiner Zellmembranen betreiben aktiv Vorsorge für mein Herz.

Schon wieder ist das Konzert vorbei, als wäre in die Lieder der Go Tsts eine Zeitrafferfunktion eingebaut. Der Schmetterlingsmann verbeugt sich und kommt auf mich zu. Ein goldener Glanz geht von ihm aus, strahlt aus jeder einzelnen Pore. Seine Gitarre hängt an einem Band um seine Schulter. Ihre Saiten schimmern in der Sonne.

Die Musik pulsiert stumm unter ihrer Oberfläche, in der Hoffnung auszubrechen, sobald jemand die Saiten schlägt. Herr Schmetterling scheint es nicht zu kapieren. Er ignoriert sie, seine Gitarre, die gespielt werden muss. Sie ist noch nicht müde. Aber er hat nur Augen für mich.

Meine Wangen werden heiß. Mir fällt auf, wie klebrig meine Haut ist. Bei der feuchten Hitze sollte man sich am besten stündlich duschen, wenn man nicht verklebt, pickelig glänzen möchte. Schmetterling nimmt meine Hand. Mein Gehirn schaltet sich aus.

Mein Gehirn schaltet sich wieder ein. Er ist einen Schritt zurückgegangen. Nimmt die Gitarre von seiner Schulter. Bückt sich, um sie in den Instrumentenständer zu stellen. Er dreht sich um. Das goldene Licht, das bis jetzt aus seiner Haut und seinen Haaren strömte, versiegt. Er strahlt nicht mehr. Er ist stumpf. Je näher er kommt, desto mehr Licht verliert er. Er steht direkt vor mir. Streckt seinen Kopf und spitzt die Lippen. Seine Gesichtszüge verzerren sich. Die Lippen ziehen Kreise und bilden einen dunkelgrauen Strudel. Der Rest des Gesichts zieht hinter den Lippen her. Immer größer wird der Strudel und steigt mit dem Schmetterlingsmann in seiner Mitte höher. Bald schauen nur noch seine Turnschuhe aus dem Strudelkrater. Angewidert starre ich auf die Schuhe, bis sie komplett verschwunden sind. Die Konturen des Strudels lösen sich auf. Dicker schwerer Rauch wabert über den Platz. Langsam steigt er weiter auf und vermischt sich mit den restlichen Luftmolekülen, erreicht die Troposphäre. Mein Nacken schmerzt. Wer kann schon so lange nach oben gucken. Um mich herum geht alles weiter wie zuvor. Keiner hat diesen dramatischen Abgang gesehen. Hat vielleicht auch keinen interessiert. Traurig. Leb wohl, Schmetterlingsmann.

Die Band verstaut ihre Instrumente in einem Auto, das nahe am Platz parkt. Nur die Gitarre mit ihrem Verstärker steht noch dort, wo die Band zuvor gespielt hat. Mir ist, als schaue sie mich an, ohne zu zwinkern, ohne den Blick abzuwenden. Musik pulsiert stumm und fordernd in ihrem Inneren. Langsam gehe ich auf sie zu. Auch sie muss sich mir genähert haben, wie hätte ich sie sonst so schnell erreichen können? Ich möchte sie berühren. Aber was, wenn ich sie zerkratze? Was, wenn sie mir herunterfällt? Ich hebe sie hoch.

Sie legt ihr Band wie einen Arm um meine Schulter. Das fühlt sich gut an. Als wären wir für einander geschaffen, passt sie sich an meine Körperform an. Ich erinnere mich an ein Lied, das ich oft mit Jorge und Carlos gespielt habe. Summe es vor mich hin. Es greift sich anders, schließlich ist das hier kein Tischbein. Die

Metallseiten schneiden in meine Fingerkuppen. Doch schon nach wenigen Tönen spüre ich sie nicht mehr. Meine Finger tanzen über den Gitarrenhals und legen sich wie von selbst ab. Springen wieder auf. Legen sich woanders ab. Es gibt nur die Gitarre und mich. Die Welt um uns verschwimmt. Die Töne heben uns ein paar Zentimeter vom Boden hoch. Wie von selbst vereint sich Yelitzas Phrase mit dem Lied. Die Melodie bildet Wellen, auf denen die Gitarre und ich tanzen. Wodurch wir neue Wellen produzieren, auf denen wir tanzen können. Goldener Glitzerstaub umgibt uns. Mitteleuropäische Sommerwiese nach dem Regen mischt sich mit dem Duft von Mango und Himbeeren. So intensiv habe ich die Gerüche noch nie gespürt. Hier bin ich zuhause. Ich bin angekommen.

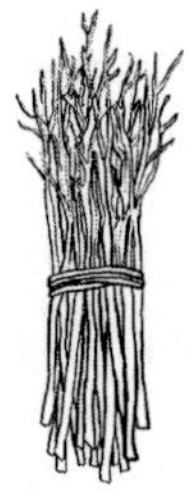

Hanna Bertini

Familienbande

Es war spät. »Letzte Runde«, murmelte Irena. Ihr zügiger Schritt ließ sie auch jetzt immer noch fast durch die Gänge fliegen. Der Duft von Desinfektionsmittel mit einem Hauch Kaffee waberte durch den Gang. Endlich hatten die Krankenschwestern sich in den Ruheraum zurückgezogen und nippten dort müde am Kaffee. Das Nachtlicht tauchte Gänge und Zimmer in ein schwaches Blau.

Irenas Füße trommelten den Rhythmus zum Rascheln ihrer wehenden Kittelschöße, die Hände umso ruhiger tief unten in den Kitteltaschen. Irena nickte den Schwestern durch die offene Tür zu und marschierte zielstrebig zur Intensivstation. Je entschiedener sich ein Arzt verhielt, desto weniger Fragen wurden gestellt. Die Intensivschwester im Zimmer nebenan blickte kaum vom Smartphone auf, als die Tür zum Aufwachraum leise klappte.

»Letzte Runde.« Irena wisperte ihr Mantra und trat an das Bett der Darmkrebspatientin. Stabile Werte, die Lider der Frau flatterten im Schlaf und gelegentlich entwich ihrem Mund ein Stöhnen. Irena warf einen prüfenden Blick über die Schulter zur verschlossenen Tür hinter ihr. Dann legte sie ihre bloße Hand auf die fieberheiße Stirn. Der ganze Körper diente als Sichtschutz, falls jemand hereinkam. Es sollte keinen Anlass geben, dem Hygienebeauftragten Meldung zu machen. Denn natürlich durfte niemand Patienten ohne Handschuhe berühren. Doch das war nötig, um zu tun, was zu tun war.

Sie schloss die Augen und konzentrierte sich auf die Verbindung. Ihre Hand wurde warm, doch das vertraute Kribbeln blieb aus. Irena schnalzte ärgerlich. Früher hatte sich der Kontakt innerhalb von Sekunden hergestellt. Nun entglitt ihr die Kraft. Kein Wunder, manche Krankheiten hier waren anspruchsvoller als etwa ein Werwolf-Biss. Noch einmal blickte sie kurz hinter sich zur Tür, dann schob sie entschlossen die andere Hand unter die Decke, in Richtung des Operations-Schnitts, vielleicht half die zweifache Verbindung, den Strom zu verstärken. Und tatsächlich. Es zog in ihrem Inneren und beide Hände brannten nun, Heilung nahte. Irena stöhnte auf.

Früher hatte sich das nach Leben angefühlt, nicht selten tauchten wunderbare Bilder in ihrem Kopf auf, intensive Blautöne, ein Sternenhimmel, ein Wellenmeer, Blütenstrudel. Jetzt zerriss es beinahe ihren ganzen Körper. Was würde werden, wenn die Kraft ganz schwand? Was blieb ihr dann? »Letzte Runde, stark im Bunde.« Noch bahnten die Worte einen Weg, einen Pfad mehr, zu den Kräften Ekarons. Die Verbindung verblasste und mit ihr die Macht der Stärkungszauber. Trotzdem gab es der Frau einen kleinen Schub. Ihre Wangen röteten sich langsam, der Atem vertiefte sich. Das war nach wie vor ein außerordentliches Erlebnis. Die Fingerspitzen erzählten Irena, wie sich die mutierte DNA der Krebszellen ordnete, die Energie pulsierte und alles begann, in den richtigen Bahnen zu fließen. Der Schnitt im Bauch schloss sich langsam, das Immunsystem machte Jagd auf die letzten nach der OP verbliebenen Krebszellen und schützte den Körper wieder. Diese Frau würde genesen, leben. Vorsichtig zupfte sie die Decke zurecht und trat an das nächste Bett.

Ihre Runde, Bett für Bett. Wie jede Nacht. »Letzte Runde, stark im Bunde.« Irena sang es leise und die Hände strichen über die Körper der ihr Anvertrauten, verschmolzen sie mit diesen Wesen, für die sie zu sorgen gelernt hatte. Das Kribbeln kam mit jedem Patienten schneller, und im gleichen Rhythmus nahm ihre Müdigkeit zu. Nach dem sechsten Bett war das Tagwerk getan. Schwere Zufriedenheit legte sich auf ihre Augenlider. Felsbrocken hingen an allen Gliedern und Irena torkelte – von den Schwestern unbemerkt – zum Fahrstuhl, der sie aus Etage 13, Klinikum Himmelstür, zum Ausgang im Erdgeschoss chauffierte.

Zuhause lag alles für eine anregende und zugleich entspannende Kanne Moosflechtensud bereit. Der würzige Geschmack des Tranks würde die eine Heimat mit der anderen verbinden, die Erinnerungen beleben und mit ihnen die Verbindung. »Letzte Runde.« Vielleicht einer der letzten Abende voll Erinnerungen an Ekaron, denn die Moosflechten-Vorräte schwanden.

Sie winkte einem Taxi und zuckte mit den Schultern, als ihr der Rückspiegel zeigte, wie der Fahrer die Augen verdrehte wegen der kurzen Strecke, die sich kaum lohnte.

***

»Hey, Sie!«

Irena fuhr aus dem Schlaf hoch und kramte hektisch nach der Geldbörse.

Der Fahrer stand in der offenen Tür, grummelte etwas über pummelige Frauen, die gern ein paar Meter selber laufen könnten, und trommelte ungeduldig aufs Taxidach.

Zu müde, um sich über diese Frechheit aufzuregen, rieb Irena verschlafen die Augen, die nun drückten. Sie fummelte einen Schein heraus, reichte ihn dem Fahrer und blinzelte einen freundlichen Dank.

Der fuhr erschrocken zurück, hechtete auf den Fahrersitz und startete den Wagen. Irena sprang geistesgegenwärtig aus dem Auto, das Portemonnaie noch in der Hand. Da brauste das Taxi schon davon. Sie seufzte. War lange nicht mehr passiert, dass die grünen Kontaktlinsen verrutschten. Ärgerlich. Hoffentlich hielt der Fahrer die rotleuchtenden Augen im Nachhinein für eine optische Täuschung oder eine Verkleidung. Menschen glaubten doch am ehesten das, was sie glauben wollten. Obwohl, passieren würde ihr heutzutage doch nichts. Jahrhunderte zuvor hätte solch ein Malheur mehr Scherereien bereitet. Damals war Heilkunst nicht gut angesehen und Folterkammern immer nur einen Schritt entfernt.

Müde schlurfte sie in die Wohnung, stellte den Wasserkocher an und ließ Jacke, Hose und Oberteil fallen. Nur einen kurzen Moment auf dem Bett ausruhen! Gleich würde sie aufstehen und den Sud aufgießen.

***

»Irenchen.«

Was für ein merkwürdiger Traum. Sie drehte sich auf die Seite.

»Schwesterherz!«

Kein Traum? Irena öffnete die Augen. Sie lag immer noch auf der Bettdecke statt darunter. Grünlich leuchtete es im Schlafzimmer, magisch. Etwas strich ihr sanft über die Hand und wisperte. Diese Stimme. Lange nicht gehört ... konnte das sein? Erschrocken richtete Irena sich auf. Was wollte Eske hier? Ihre Schwester saß auf der Bettkante und hatte einen mitfühlenden Ausdruck in den lilaleuchtenden Augen.

»Du musst nach Hause kommen, Irena. Kara braucht dich.«

»Ein ‚Hallo, schön, dich zu sehen!' hätte es auch getan!« Irena biss die Zähne aufeinander. An Eskes Direktheit hatte sich in den vergangenen Jahrhunderten offensichtlich nichts geändert. »Was redest du da für einen Humbug? Niemand braucht mich bei euch in Ekaron.« Sie gähnte. »Nicht sehr lustig, mich hier nach 300 Jahren einfach zu überfallen. Und ich soll mein Leben mal kurz aufgeben, ja? Ein weiteres Mal!« Schlafsteif schüttelte sie den Kopf.

»Es muss schwer für dich sein,« Eske lächelte entschuldigend, zuckte mit den Schultern und knetete die Hände.

»Wenigstens hast du ein schlechtes Gewissen!« Irena knurrte unwillig. »Ich erfülle hier meine Aufgabe, Eske. Was soll mit all meinen Patienten geschehen, wenn ich jetzt gehe? Weißt du, wie viele Frauen und Männer ich hier retten kann, die mit dem Tod kämpfen?« Irena zog die Decke über die fröstelnden Knie. »Nein. Ich kehre nicht zurück. Warum sollte ich? Nach allem.«

Mit einem Schlag kehrte das Gefühl der Demütigung zurück. Lag bleischwer im Magen. Sie war es: die Heilerin von Ekaron. Hatte es geheißen. Von der es immer nur eine gab. Und dann bekam die Mutter Kara. Die Nachzüglerin. Das blonde zarte Kind, das schon als Säugling alle für sich einnahm. Jedem ein Lächeln auf die Lippen zauberte. Ohne Magie. Alle Aufmerksamkeit schien wie der Lichtstrahl eines Leuchtturms auf Kara. Irena blieb der Schatten. Und dann passierte das Unglaubliche. Das Unvorstellbare. Eine Zweite der fünf Schwestern besaß das Heiltalent. Nicht nur Irena, sondern auch Kara, die Kleine, die Süße, die Bezaubernde. Beide Schwestern waren von ihrer Mutter unterwiesen worden. Und als es soweit war, dass sie gehen musste, alle Schwestern am Bett der Mutter saßen, landete das Heilbündel – weitergegeben nach altem Ritual – in Karas Schoß. Irena hatte es geahnt mit der Intuition einer echten Heilerin und doch war es wie ein Bannfluch gewesen – denn für was war sie nun noch gut in Ekaron, wenn ihr Talent nicht gebraucht wurde? Sie hatte den Platz geräumt und sich einen neuen Ort, weit weg, gesucht. Hier konnte sie ihre Bestimmung leben, Menschen retten als Ärztin mit außerordentlichen Heilerfolgen, geachtet und manchmal sogar geliebt. Und noch wichtiger: gebraucht. Ja, in einer anderen Welt – auch egal, solange sie tun konnte, was sie liebte und nicht nur den Tupfer reichte, wie es ihr in Ekaron gedroht hätte.

»Bitte, Irena, es eilt. Ohne dich hat Ekaron bald keine Heilerin mehr – wir verlieren Kara.« Eske riss Irena aus ihren Erinnerungen. »Meinst du, ich mach das gern? Hier einfach auftauchen?«

Irena schnaubte spöttisch. »Du Arme! Hergezwungen. Hast wohl das kurze Streichholz gezogen – wie immer. Wechselt ja keiner gern Welten und lässt sich ein Stück nehmen. Nein, mal ehrlich, was willst du hier? Kara ist doch die Jüngste von uns, die lebt noch eine Ewigkeit, bevor sie nach Nokari gerufen wird.«

Was machte Eske für einen Stress? Jahrhunderte keinen Kontakt und dann sowas. Irena tappte zur Küche, um den Wasserkocher nochmals anzuschmeißen für den Moosflechtensud.

Hinter sich hörte sie Eskes Schritte. »Ekaron ist nicht mehr, wie du es kennst, seitdem die Werwölfe es für sich entdeckt haben.«

»Werwölfe?« Irena stellte Tassen und ein paar Kekse auf den Tisch. Die Viecher trauten sich doch nie aus der Schonung des Waldes. Und wenn, genügte ein kurzer Feuerzauber, um Werwölfe in die Flucht zu treiben. Wozu die Aufregung? Es rauschte in ihrem Kopf. Irena gab Eske einen Klaps auf die Hand. »Hör auf, meine Gedanken zu lesen!«

Eske zog die Luft scharf durch die Nase ein. »Eine Ausnahme: Wie soll ich dich sonst verstehen, nach all der Zeit, die wir uns nicht gesehen haben?«

Irena brachte sie mit einer Handbewegung zum Schweigen. »Werwölfe«, erinnerte sie ihre Schwester.

»So harmlos sind die Biester schon lange nicht mehr, seitdem Vampire und Werwölfe ihre Feindschaft beendet haben. Heute sind sie mehr als verbündet – sie paaren sich sogar. Das Ergebnis kannst du dir nicht vorstellen. Eins dieser Biester hat Kara übel erwischt. Deine Gabe ist unsere letzte Chance. Du musst mit mir kommen. Sonst wird sie sterben.«

»Sterben?« Irena zitterte, als sie den Sud aufgoss. Das hatte sie Kara nie gewünscht. Zeit gewinnen, klar denken.

»Eske, meine Kraft lässt nach. Egal, was ihr braucht – ich habe die Kraft nicht mehr. Schon gar nicht, wenn ich noch einmal Welten wechsele.« Sie wärmte die Hände an der Tasse und blies leicht hinein. »Ihr habt eure Heilerin gewählt. Wenn sie stirbt, übergibt sie das Bündel an die nächste Heilerin. Ich bin da raus.«

Eskes Augen verdunkelten sich: »Es gibt niemanden.« Sie lächelte schief. »Es kommt wirklich etwas plötzlich, vielleicht solltest du ein bisschen schlafen, Irena. Ausgeschlafen redet es sich besser.«

Irena schüttelte den Kopf: »Eine Nacht mehr überzeugt mich auch nicht.«

Eske streichelte ihr über den Kopf. »Das sehen wir. Leg dich einfach hin.«

Schlafen, ja, das wollte Irena. Nicht diskutieren oder Entscheidungen treffen. Schweigend machte sie sich fertig. Eske würde das Schlafsofa auch allein finden. Der Schlaf kam über Irena wie eine gewaltige Welle, von der sie sich bereitwillig davon tragen ließ.

***

Erst als das erste grau gedimmte Licht durch die Rollläden fiel, kam wieder Leben in Irena. Eine Form von Leben, bei der sie zunächst nicht wusste, ob sie noch träumte oder bereits wach war. Bilder von Ekaron mit seinen riesenhaften Wäldern und Gebirgen mischten sich mit Szenen aus ihrer Familie. Die Schwestern, die Eltern, Kara als Baby, Verstecken spielen mit Eske. Und neben all der Schmach stellte Irena erstaunt fest, dass es sich angenehm anfühlte. Wie Baden in körperwarmem Wasser, in dem die Grenze zwischen sich selbst und der Außenwelt verschwimmt. Irena identifizierte es als Vertrautheit.

Nur dunkel nahm sie wahr, wie Eskes Hände auf ihren Schultern lagen. Ein warmer Strom, sehr angenehm, durchspülte Irena bis zu den Füßen. Existierte er noch? Der »Tap«? Normalerweise gaben Eltern ihn den Kindern, aber er funktionierte auch zwischen

Geschwistern. Mit ihm lud man den anderen auf, teilte die eigene Kraft. Und tatsächlich fühlte sich Irena kraftvoll und lebendig wie bestimmt seit 50 Jahren nicht mehr. Erstaunlich.

»Guten Morgen!«

Eske knuffte Irena leicht. »Besser?«

»Du tappst mich.«

»Können wir endlich los? Die Zeit drängt.« Eske zog ihr die Decke weg.

Ach, so war das gedacht. Einfach ein bisschen Hokuspokus und dann würde sie schon kommen. Irena verschränkte die Arme. »Meine Patienten brauchen mich auch. Ekaron brauchte mich nie.« Sie zog sich an. Das Krankenhaus wartete. Sie konnte nicht weg. »Außerdem, meine Kraft. Ich habe dir gesagt, dass sie nicht genügt, schon gar nicht, wenn ich noch mal durch das Tor gehe.«

»Trinkst du deinen Kaffee immer noch schwarz? Ich mach uns einen.« Eske bog in die Küche.

»M-hm.« Irena verschwand im Bad. Der Kaffeeduft zog durch die Wohnung.

Eske drückte Irena eine Tasse Kaffee in die Hand, als sie wieder auftauchte. »Trink.«

Irena setzte sich und nahm einige Schlucke. »Hast du unsere beiden Tassen verwechselt? Das Zeug ist so süß.«

Eske hob eine Augenbraue: »Schmeckt er dir nicht?«

Irena trank den Rest pflichtbewusst aus. »Ich muss jetzt zur Arbeit.«

Eske schüttelte nur den Kopf. »Du musst jetzt ganz dringend nach Ekaron. Deine Schwester retten.« Sie sah Irena ernst an. »Und dich.«

»Du spinnst.« Irena zog den Mantel über. Obwohl ihr gerade so heiß wurde, dass sie lieber einiges ausgezogen hätte. Schweißtropfen bildeten sich auf ihrer Stirn.

»Sagt dir Bretram noch etwas?«

Irena nickte. »Der Blütenstaub der Bretram-Rose, ein beliebtes, süßliches Gift aus den Gründungsjahren von Ekaron.« Sie zögerte kurz und ergänzte dann: »Dagegen hilft nur die Priscopal-Wurzel, die man unter den Mantaro-Bäumen findet. Symptome sind Schweißausbrüche, Lähmungserscheinungen und ...« Irena sah Eske ungläubig an. »Das hast du nicht getan ...«

»Jetzt hast du es begriffen.« Eske nickte zufrieden. »Können wir endlich gehen? Die Ampulle mit Priscopal-Wurzel wartet zu Hause auf dich.«

Irena erstarrte. Selber sterben oder Kara retten – vor diese Wahl stellte ihre Familie sie? Das war ihre Vorstellung von Liebe und Familienzusammenhalt? Warum hatte ihre verdammte Intuition nicht angeschlagen? Müdigkeit, Teufelszeug. Einfach hier sitzen bleiben und sterben – das müsste die Antwort sein. Andererseits, was brachte das, außer ihrer beider Tod?

»Los, los, sonst schaffst du es nicht.« Eske schob Irena zur Wohnungstür. »Wo ist das nächste Tor?«

»Hinter dem Haus steht ein Baum für die Reise«, sagte Irena tonlos. Doppelt verraten. Von der eigenen Familie. Alles, was sie sich aufgebaut hatte, auf einen Schlag nichts mehr wert.

Schweigend gingen sie nach draußen, umschlangen den Baum und sangen gemeinsam das sehr alte Lied, das die Tore der Welt in der Tiefe öffnete.

Schon von Weitem erkannte Irena die Kirschbäume und dahinter das Holzhaus, an dem sich die Kletterhortensien hochrankten. Die Schwestern und sie waren tausendfach daran hoch- und runtergeklettert, wenn die Eltern nicht sehen sollten, dass sie heimlich das Haus verließen.

Nun waren sie am Waldrand gelandet, keine Spur von den schlimmen Vampir-Wölfen. Eske stützte Irena, die nur noch langsam gehen konnte. Mila und Sira standen schon in der Tür und warteten. Die beiden sahen besorgt aus, klopften Irena nur kurz auf die Schulter und schoben sie schnell in die Kammer, in der Kara lag. Oder vielmehr ein Schatten von Kara. Das ehemals blonde, nun ausgeblichene Haar floss über das Kopfkissen. Kara lag unter einem Berg von Decken, denn während Irena so schwitzte, dass sie sich am liebsten ihrer Haut entledigt hätte, fror Kara erbärmlich.

Als Irena am Bett stand, erfüllte sie eine große Traurigkeit. Wieso hatten sie nicht einfach zwei normale Schwestern sein können, Schwestern, wie alle anderen? Die arme Kara! Niemand sollte so leiden müssen. Als Irena um das Bett herumging, merkte sie, dass ihr Körper ihr nicht mehr gehorchte. Sie musste den linken Fuß nachziehen, jedes Gefühl hatte sich daraus verabschiedet. Als würde er nicht mehr zu ihr gehören.

Das Bretram tat seine Wirkung. Die ersten Lähmungen, aber wenigstens keine Schmerzen.

»Gib mir das verdammte Priscopal, so geht das nicht.«

Eske zögerte und sah hilfesuchend zu den anderen Schwestern, während Irena Kara unter den Deckenbergen herausschälte. Mila gab Eske eine halbe Ampulle.

»Das reicht nicht, wir brauchen eine ganze Ampulle.« Eske reichte ihr das Fläschchen zurück.

»Das ist alles, was von unserem Vorrat nach dem Wolfsangriff gestern übriggeblieben ist. Sie haben uns durch den halben Wald gejagt und Sira hat die Tasche mit den Medikamenten dabei verloren.« Mila verzog bedauernd ihren Mund. Jetzt sah Irena, was die neue Vampir-Wolf-Spezies anzurichten in der Lage war: Karas zerfetzte Bauchdecke offenbarte Karas Hexenblut, das sich mit einer blauglänzenden Flüssigkeit mischte und immer weiter im Körper ausbreitete.

»Wo bleibt das Priscopal, egal wie viel«, herrschte Irena die Schwestern an. »Wo soll ich die Heilkraft hernehmen? Nachdem ihr sie mir gründlich entzogen habt.«

Sira eilte mit der halben Ampulle herbei und ließ ihr den Extrakt in den Mund laufen. Innerhalb weniger Sekunden versiegte der Schweiß. Jetzt musste nur noch die Kraft wiederkehren. Diese Wunde, die Kara da hatte, war schon viel zu lange unbehandelt geblieben. Irena schloss die Augen. Sie hatte doch Übung im Heilen, ob Krebs oder Wolf – machte es so einen großen Unterschied? Sie legte die linke Hand auf die Wunde, die rechte darüber. So sollte sich mit ein bisschen Konzentration das Monsterblut aus der Wunde ziehen lassen. Ihr schwindelte. Die blauen Striemen zogen sich zurück, aber langsam, viel zu langsam, das fühlte Irena. Wo war bloß all die Kraft von früher?

Irena spürte, wie sich Eske, Mila und Sira hinter sie stellten und mit ihren Händen tappten. Das tat gut. Vielleicht war es das, was noch fehlte, und sie würden es gemeinsam schaffen.

Da war es, das leichte Pulsieren unter den Händen. Irena triumphierte. Nehmt das, ihr Werwölfe. Sie wisperte den Stärkungszauber für mehr Kraft. Bretram. Die Hexen der Frühzeit hatten gewusst, wie mächtig es war. Doch zu jedem Gift gibt es eine Heilung, das hatte sie gelernt.

»Bitte Kara, komm zurück.« Immer wieder beschwor Irena die Schwester. Heimzukehren, das sollte sich gelohnt haben. Und da war noch Leben. Kara musste es schaffen, konnte es schaffen, wenn sie alle zusammenhielten. Irena wollte spüren, wie sich alles verband, wie das Leben zurückkehrte. Zeigen, dass sie eine wahre Heilerin war. Hinter ihr tuschelten die Schwestern und sie öffnete die Augen. Im gleichen Moment hoben sich auch Karas Lider. Aus ihrem Blick sprach Erleichterung. Ein Lächeln umspielte Karas Lippen.

»Du bist gekommen.«Karas Gesicht überzog ein Strahlen.

»Psst, ruh dich aus, spar deine Kräfte«, murmelte Irena. Doch in die Schwester war Bewegung gekommen. Sie richtete sich auf und verlangte mit einer Kopfbewegung nach der Schachtel neben dem Bett. Irena hatte Mühe, ihr weiter Kraft zu spenden. »Bleib doch liegen«, bat sie.

Kara lachte. »Du bist da, nur das zählt.« Sie öffnete die Schachtel.

Als Irena das Heilbündel erkannte, schnappte sie nach Luft.

»Gut, dass Ekaron eine echte Heilerin hat.« Kara reichte Irena das Heilbündel.

Irena kamen die Tränen. Der Moment, auf den sie immer gehofft hatte – er gestaltete sich deutlich anders als erwartet. »Kara, du lebst, das allein zählt. Ekarons Heilerin lebt. Und nicht Dank meiner Heilkraft allein, sondern Dank uns allen.« Sie legte das Heilbündel vorsichtig auf Karas Decke. »Zwei Heilerinnen, die Welt ist dafür groß genug.«

Sylvia Krupicka

Süsses oder Saures

31. Oktober 2019, 22 Uhr

Zu Halloween kommen ihre Söhne schon lang nicht mehr. Die fahrenden Ritter aus dem Digitalland bleiben in der Großstadt unter grellen Lichtflutern und nahe den überdimensionalen Beschallungstürmen. Verständlich, denkt Eva. Wenn hier kein Licht scheint, ist es gleich trüb. Dämmerung um halb fünf. Dann folgt schon die abendliche Stille.

Sie schließt langsam die Tür zum Garten, verharrt eine Weile, zieht den Riegel vor, schlurft an ihren Lieblingsplatz am Fenster, löscht das Licht an der Tischlampe und schaut hinaus. Sie seufzt. Und doch ist sie süß, die Einsamkeit. Abends geistern Gespinste zwischen den bemoosten Wurzeln des Eichbaumes. Unruhige Schatten der bald kahlen Zweige tanzen ihren Reigen, dort und im zitternden Gras, das jetzt vom Niesel feucht wird. Ach, so flüchtig sind die letzten Tage im Alter, ein unwirkliches Stück Welt.

Zaghaft pocht es an der Tür. Der Laut überdauert in ihrem Ohr, so lang, bis ein zweites Mal, etwas kräftiger, das Klopfen ihr Verharren durchbricht. Eine Dringlichkeit meint sie zu vernehmen, als bestünde Not. Sie setzt ihre Schritte, öffnet erst den Riegel, dann die Tür, erkennt die Silhouette trotz des verdunkelten Himmels.

»Manola!«

Die Frau im Regen hält in einer Hand eine Reisetasche. Ihre hochgezogene Schulter und schiefe Körperhaltung deuten auf deren Gewicht hin. Sie drängt, die Tasche mit einem Knie vor sich herschiebend, zügig in die Küche und stellt sie ab. Flink kehrt sie zurück zur Tür, wirft einen prüfenden Blick in den Garten, schließt sie und schiebt den Riegel vor. Dann schaut sie Eva an.

»Liebe«, sagt sie, »pah, was für eine große Lüge. Eva, es ist alles falsch, was ich bisher über mich und Sören gedacht habe, die ganze Familie ist eine Lüge, ja sogar eine Gefahr.« Sie schüttelt den Kopf. »Ich war jetzt schon so oft bei dir, habe mich ausgeheult, über andere gemeckert, meinem Ärger bei dir Luft gemacht. Unsere Kinder spielten zusammen im Sandkasten. Du kannst mir nur nicht in die Stube gucken, weil in deinem Garten jeder Zentimeter mit hohen Pflanzen bedeckt ist. Du weißt fast alles von mir. Aber das hier, Eva, das sprengt alles, was du je erfahren willst.«

Eva schiebt ihr einen Stuhl entgegen, aber Manola übersieht ihn. Sie geht zum Abwaschbecken, nimmt die erstbeste Tasse, die dort benutzt steht, gießt sich Wasser aus dem Hahn ein und trinkt sie in einem Zuge leer.

Wie schnell Leben sich wandelt, staunt Eva ihr hinterherschauend. Vor wenigen Wochen erzählte Manola glücklich von ihrem gemeinsamen Urlaub auf Sizilien mit der erwachsenen Tochter und Sören. Heute versinkt alles im Leid. Sie unterdrückt eine Welle der Zuneigung für sie. Eine eigene Tochter war ihr leider nie beschieden worden. Sie atmet auf, drückt Manola sacht auf den Holzstuhl und stellt sich einen zweiten ihr gegenüber hin. Dazwischen liegt die Tasche, deren Inhalt Eva durch den halb geöffneten Reißverschluss erspäht. Sie konstatiert: keine Dinge, die eine Frau bei einem Auszug aus der gemeinsamen Wohnung mitnehmen würde. Dieses allgegenwärtige Ménage-à-trois-Ehe-Verhängnis scheint Manola nicht heimgesucht zu haben.

Eva überlegt weiter. Welche getäuschte Hoffnung hat Manola zu ihr geführt? Denn getäuschte Hoffnungen sind es, die Menschen zugrunde richten. Das weiß Eva. Das kennt sie. Um im Alter nicht allein zu sein, dafür hat sie 40 Jahre ihres Lebens mit einem Mann verschwendet. Es war ein fast endloser Alltag mit Ehepflichten, Streit, Versöhnung, Einsichten und Verzicht. Und obendrauf noch

– das Bett. Als er nicht mehr konnte, ist er gestorben.

Sie betrachtet Manola. Ihre Strickjacke, der Rock und die dünnen Ballerinas sind vom Regen durchtränkt. Ihre schwarzen glatten Haare kleben am Kopf, eine dünne Kette hängt golden über einen Halswirbel wie ein angehängter Gedanke.

Nur der kleine Nasenstecker, eine Sonne, blinkt zuversichtlich, denkt Eva. Sie holt eine warme Decke aus ihrem Schlafzimmer, legt sie ihr um und wartet geduldig.

***

Gleicher Tag, 11 Uhr

Manola puckert das Herz, als sie das umfangreiche Kuvert im Briefkasten sieht. Sie zerrt es heraus. Ja, wieder an ihren Mann Sören, wieder vom Amtsgericht, genau wie vor einem Jahr.

Als sie ihn damals zur Rede stellte, erzählte er ihr von einer unbedeutenden Anzeige wegen einer Impfung in seiner Kinderarztpraxis. Diese sei fallengelassen worden. Er hatte die Augen verdreht: »Helikoptereltern.« Die Angelegenheit mit der Impfung war in Vergessenheit geraten, doch diesmal ist es ein mit vielen Seiten angefülltes Kuvert. Manola beschließt, diese Angelegenheit nicht auf sich beruhen zu lassen. Sie wird eine Aufklärung fordern! Sie eilt ins Haus, obwohl es unwahrscheinlich ist, dass sie Sören an einem normalen Arbeitstag hier findet.

Richtig, niemand da.

Sie kehrt zum Auto zurück. Die Tasche mit ihren persönlichen Übernachtungsutensilien vom Beifahrersitz landet im Kofferraum ihres Wagens. Wie aufgeschreckt klingeln ihre goldenen Armreifen, während sie sich hinter das Lenkrad in den Sitz wirft. Sie legt das dicke Kuvert auf den Platz neben sich. Der Motor heult auf, sie prescht die Kopfsteinpflasterstraße herunter, biegt in die asphaltierte Hauptstraße ein und gibt wieder Gas. Die Verbindungsstraße zwischen den beiden kleinen Orten kommt ihr länger vor als sonst. Die trotz der kühlen Oktobertage belaubten Bäume fliegen nur so an ihr vorbei.

»Orange!«, ruft Manola an der Ampel und tritt das Gaspedal stärker. Die nächste Straße rechter Hand ist abermals mit Kopfsteinen gepflastert. Manola rast darüber hinweg, ohne auf ihre ächzenden Stoßdämpfer zu achten. Sie hält vor dem Zweifamilienhaus, in welchem im Erdgeschoss die Praxis des einzigen Kinderarztes für beide Orte untergebracht ist. Manola parkt in der Einfahrt, vermisst das Auto ihres Mannes auf dem angestammten Parkplatz. Seltsam, dabei brennt Licht im Arztzimmer.

Sie schaltet die Warnblinkanlage an und nimmt kurze Zeit später schwungvoll die wenigen Treppen zur Kinderarztpraxis. Abrupt bleibt sie stehen. Ein Schild zeigt an, dass die Praxis bis auf weiteres geschlossen ist. Sie klingelt, einmal, zweimal. Sie hört Schritte. Die Tür wird geöffnet. Es ist eine Frau in Jeans, rotem Pullover und weißen Turnschuhen.

»Karin, warum habt ihr geschlossen? Wo ist Sören?«, fragt Manola verwundert.

Die Angesprochene schaut Manola ernst an. »Du willst nicht etwa die Akten zurückbringen, oder?«

»Akten, wieso?« Manola bemerkt Karins zusammengekniffene Lippen, die sie kühl taxierenden Augen. Sie spürt, wie sich ihre eigenen Nackenhaare langsam aufrichten, ihre Stimme klingt heiser. »Sollte ich was wissen?«

»Dein Mann Sören arbeitet nicht mehr hier.« Die Arzthelferin geht zurück in die Praxis und lässt die Tür offen.

Manola tritt ein: »Ich verstehe das nicht. Wieso hat er nichts erzählt?« Sie läuft Karin hinterher.

»Och, das ist gar nicht so schwer zu verstehen, der hat ordentlich was auf dem Kerbholz, das sage ich dir.«

»Wegen der falschen Impfungen?«

»Davon weiß ich nichts. Geimpft hat er kaum, das mag er nicht, etwas in den Körper hineinspritzen, was nicht dahin gehört. Er sagt, dann würde das Blut unrein.«

Manola geht ins Sprechzimmer und öffnet den privaten Schrank ihres Mannes, in dem er normalerweise seine persönlichen Sachen verwahrt. Sie steht davor und schüttelt langsam den Kopf. »Alles leer.«

»Ja«, sagt Karin, »aber nicht nur dieser Schrank. Insbesondere fehlen alle unsere Karteien, alle Unterlagen der Kinder, Behandlungsscheine, Verschreibungen, Blutbilder, einfach alles ...«

»Karin, du weißt doch was ...!«

Manola tritt ins Wartezimmer und sinkt auf einen Stuhl. Sie lässt ihre Augen über die Einrichtung schweifen und bleibt an einer

Puppe hängen, die an ihrem Hals zwei kleine Kreuzchen in einem Zentimeter Abstand zueinander mit Kugelschreiber aufgemalt hat. Manola steht auf und nimmt sie in die Hand. Am linken Handgelenk sind ebenso Kreuzchen aufgemalt, so, als hätte jemand das markiert.

»Willst du einen Kaffee?« Karin steht mit einer Kanne und einem Pott vor ihr. Manola nickt. Karin schenkt ein, setzt sich. Ohne weiteren Umschweif kommt sie zur Sache.

Sie hätten ja im letzten Jahr, nach dem Vorkommnis eine Absprache getroffen ... dass Sören, also ihr Mann, bei den Behandlungen immer die Tür geöffnet haben müsse, damit die diensthabende Schwester alles verstehen und einsehen könne, jegliche Untersuchung. Da sei es kaum mehr vorgekommen, dass er unnötig Blut abgenommen habe, keine Beschwerde mehr. Und sein Arztzimmer wäre nie mehr verdunkelt gewesen, erzählt sie weiter.

»Das mit dem Verdunkeln, das macht er doch immer, auch zu Hause, ständig zieht er überall die Vorhänge zu.« Manola winkt mit der Hand ab. »Wenn ich von der Nachtschicht aus dem Krankenhaus komme, sieht die Wohnung wie ein Beerdigungsinstitut aus. Kein einziger Lichtstrahl kommt herein. Naja, für mich ist es wegen meiner Nachtschichten ganz praktisch, wenn es tagsüber dunkel genug ist, um zu schlafen. Früher habe ich noch mit meiner Tochter gefrühstückt. Ich glaube, unser gemeinsames Schlafzimmer hat selten Sonne gesehen.« Sie lacht kurz auf. Karins Augen zeigen Schrecken und Abscheu. Manola schweigt sofort.

Sie und ihre Kollegin hätten streng auf all seine schlechten Angewohnheiten geachtet, fährt Karin fort, schließlich sollte die Praxis erhalten bleiben. Und immerhin sei die Anzeige gerichtlich abgeschlagen worden vor einem Jahr, also sei nichts Strafbares gewesen. Aber jetzt würden diese Akten der Kinder fehlen, ein Unglück, denn sie seien nicht ganz sauber. Sie müssten archiviert und diese Kritzeleien darin vorher entfernt werden.

Manola spürt einen Kloß im Hals, sie greift zum Kaffee, verbrennt sich Lippen und Zunge. Wovon spricht Karin? Sie stellt das heiße Getränk auf einen Kindertisch.

»Mehr erzähle ich dir nicht«, sagt Karin, »wenn der Chef hier nicht seine Verantwortung übernimmt, dann garantiere ich, dass es in diesem Ort nie wieder eine Kinderarztpraxis gibt. Wer will so was übernehmen?« Sie reicht ihr einen Zettel. »Das ist seine neue Arbeitsstelle, ein Kinderkrankenhaus. In der Großstadt wird es ihm noch leichter fallen, da schaut kein Elternteil hin. Die geben doch ihre Kinder ab, in dem Glauben, dass der Herr Doktor schon alles richtet, diese Ahnungslosen.« Sie schüttelt den Kopf.

Manola steckt den Zettel ein. »Danke.« Sie verlässt zögerlich die Praxis. Sie setzt sich in den Wagen, schaut einige Zeit auf das Kuvert auf dem Beifahrersitz und greift es schließlich. Es liegt schwer in ihrer Hand. Sie reißt es auf, entnimmt das umfangreiche Schreiben, überfliegt es.

Da steht die Anklage: medizinisch teilweise nicht notwendige Behandlungen ..., unverhältnismäßig viele Blutabnahmen, darunter einige an ungeeigneten Körperstellen, wie beispielsweise am Hals, Verabreichung von blutdruckerhöhenden Medikamenten bei Kindern, Blutspende eines zehnjährigen Mädchens, häufiges Auftreten von Anämie bei den Patienten ...

***

13 Uhr

»In einhundert Metern rechts abbiegen«, weist die Frauenstimme im Navi an. Auf den Straßen in der Stadt sind jede Menge Kinder als verkleidete Hexen, Teufel und Vampire unterwegs. Manola kommt einige Zeit später, als das Navi angibt, ans Ziel. Die Parkplätze sind belegt. Sie macht kurzen Prozess und stellt sich quer vor ein Auto, berührt beim Einparken mit dem Heck einen Eisenpoller, der den Parkplatz vom Weg abtrennt. Sie hastet durch den eindrucksvoll verzierten Eingangsbogen, hat keinen Blick für die Schönheit des klassischen Baus, wohl aber für die Straßenschilder des Campus. Die Hauptallee zieht sich links und rechts neben einem Grünstreifen an den einzelnen stationären Einrichtungen vorbei. Die letzte auf der rechten Seite ist die Klinik für Kinder- und Jugendmedizin. Einen Pförtner gibt es nicht.

»Den Arzt Sören Kunzenbacher?«, fragt der junge Pfleger zurück, nein, den kenne er nicht. Manola solle auf der Kinderstation im dritten Stock fragen. In der dritten Etage wird sie in die zweite verwiesen und von dort wieder in die erste. Dann endlich ein konkreter Hinweis: »Ach, der Neue, der arbeitet in der Diagnostik, oder im Labor im Keller.«

Manolas Anspannung steigt, gleich wird sie ihn selbst fragen. Dann wird sich alles aufklären, sich dieser Eisenring um ihre Brust lösen, der sich seit dem Auffinden des Kuverts immer fester um sie gelegt hat, sodass sie kaum Luft bekommt. Ausgerechnet Sören, ihr jungenhafter, ständig zu Späßen aufgelegter Mann, der von Kindern vergöttert wird. Und immer begegnet er ihr achtungsvoll, ja, mit Liebe. Sie ist ihm dankbar dafür, fast jeden Tag.

Dann spülen neue Gedanken das Gefühl unbarmherzig weg. Sie sind mit einem Mal alle gleichzeitig da, als hätten sie nur auf diesen Tag gewartet, um hervorzuströmen. Hatte sie nicht, als ihre Tochter zehn Jahre alt war, ihre Babypuppe mit ähnlichen Markierungen im Puppenwagen gefunden, wie die in der Arztpraxis an der dortigen Puppe? Und Anämie, sie äußert sich durch ständige Müdigkeit und Abgeschlagenheit. Symptome, an denen ihre Tochter in der Kindheit leiden musste.

Manola öffnet mit einem Ruck die schwere Eisentür im Keller der Klinik, an der das Schild mit dem Wort »Labor« hängt. Ein riesiger Raum, in künstliches Licht getaucht, das von Hunderten Neonleuchten erzeugt wird, öffnet sich vor ihr. Arbeitstische ziehen sich in langen Reihen durch den Saal und Menschen in weißen Kitteln beugen sich über ihre Tische.

Ein Mann kommt sofort auf sie zu. »Kann ich Ihre Besucherkarte bitte sehen?«

Manola verneint und fragt nach Sören, doch der Mann sagt, Herr Kunzenbacher sei heute nicht erschienen, hätte sich krankgemeldet. Manola ist enttäuscht, gleichzeitig jedoch erleichtert. Wenigstens ist er hier kein Kinderarzt. Der Gedanke erschreckt sie, er besagt ja, sie würde alle diese entsetzlichen Befürchtungen schon längst selbst für eine Gewissheit halten.

Vor dem Klinikum wird ihr Auto von einem Abschleppwagen verladen. Sie nimmt den Kostenbescheid von der Polizistin entgegen und eilt zur U-Bahn.

***

15 Uhr

Das gepflegte Anwesen liegt auf einer Anhöhe, in deren Mitte die Villa mit sorgfältig restaurierten Jugendstilelementen steht, umgeben von hohen Bäumen und dichten Hecken, die korrekt geschnitten sind. Manolas Blick streift, während sie den Eintrittscode eingibt, unwillkürlich das Namensschild: Dr. Psych. Hanno Kunzenbacher, Dipl. Psych. Mathilda Kunzenbacher. Sörens Eltern haben ihre Praxis direkt im Haus.

Das Tor geht auf und sie läuft, quer über den englischen Rasen, zur Hintertür. Sie tritt ein, ohne zu klopfen oder zu klingeln. Eine elegante in Dunkelblau gekleidete Frau steht an der Spüle in der modern eingerichteten Küche und schaut einer anderen Frau zu, wie sie die Spülmaschine ausräumt.

»Manola, hast du mich erschreckt, warum klingelst du nicht vorher?« Die Dame in Blau kommt auf Manola zu, umarmt sie. »Du siehst etwas derangiert aus. Gibt es etwas?«

Manola hält das Kuvert fest in der Hand. »Eigentlich wollte ich mit Sören darüber sprechen, was es gibt.«

»Sören ist arbeiten.«

»Nein, ist er nicht, ich war auf seiner neuen Arbeitsstelle.«

»Manola, das ist jetzt etwas ungünstig hier, lass uns raus in den Garten gehen.« Sie flüstert: »Unsere Hausangestellte muss nicht über die Gebühr von unseren Angelegenheiten erfahren, nicht?« Sie führt Manola hinaus zu den hohen Bäumen, zu einer kleinen Sitzgruppe aus dunklem Teakholz. Aus einer Truhe holt sie zwei Sitzkissen und lädt Manola ein, Platz zu nehmen. Der Wind zerzaust hoch oben die Kronen.

Manola setzt sich und legt das Kuvert wortlos auf den kleinen Tisch. Sie beobachtet, wie Mathilda einen kurzen Blick darauf wirft, sich dann zurücklehnt und die Beine übereinanderschlägt.

»Der Brief ist an Sören, öffnest du neuerdings seine Post?«

»Ein Glück, dass ich ihn geöffnet habe.«

»Ja, er hat Schwierigkeiten in seiner Praxis.«

»Er hat innerhalb von einem Jahr zwei Anzeigen bekommen.«

»Ach, so ist das, jetzt spielst du die Ahnungslose.«

»Ich habe weder davon gewusst, dass er nicht mehr in seiner Praxis arbeitet, noch, dass er eine neue Arbeit in der Großstadt angenommen hat.«

»Es ging alles so schnell, du bist kaum erreichbar in deinem Nachtdienst, da hat er allein Entscheidungen getroffen, ganz normal.«

»Aber ich bin seine Ehefrau. Das bespricht man doch gemeinsam. Und was sind das für Anschuldigungen. Habt ihr davon gewusst?«

»Ihr seid 20 Jahre verheiratet, schlaft im selben Bett, so möchte man meinen, und ihr wohnt in einer Wohnung. Da weiß man doch, wie der andere gestrickt ist.«

»Ach, wie ist er denn ‚gestrickt'?« Sie erhält keine Antwort. »Ihr wisst was und nehmt das so hin? Er schadet Kindern, gefährdet ihre Psyche und ihre Gesundheit. Du bist doch Kinderpsychologin, Mathilda!«

»Was sollen diese Vorwürfe, Manola? Als Kinderpsychologin sage ich dir, dass man da nichts machen kann. Er ist eben so, schon so geboren worden. Das kann man nicht einfach wegtherapieren. Wir haben es versucht, aber wir verbiegen nicht auf Teufel komm raus unseren Sohn. Jetzt stell dich nicht so an.« Mathildas Lächeln kommt plötzlich, als sei es angeknipst worden. Es ist so geheimnisvoll wie das der Mona Lisa. »Er ist dein Mann und du hast für ihn eine Verantwortung.« Sie lächelt jetzt mit geöffnetem Mund.

Manola schreckt zurück. Zwischen den wie kleine Vogelschwingen gebogenen Lippen Mathildas blitzen ihre Eckzähne hervor und geben ihrem ebenen Gesicht für einen Bruchteil einer Sekunde einen schauerlichen Zug.

»Sei froh, jetzt arbeitet er dort, wo er keinem schadet. Es hat sich alles in Wohlgefallen aufgelöst. Das Gericht kann ihm nichts anhaben. Die Richter brauchen Beweise. Und wo kommen die her, wenn keiner aussagt? Es gibt nichts zu beweisen, niemand war dabei und niemand glaubt Kindern, die solch einen Humbug über einen angesehenen Arzt erzählen. Fantasiegeschichten sind das!« Sie fährt sich energisch durch das Haar.

Manola sieht die spitzen Eckzähne jetzt deutlich. Sie meint, dass ihre Übermüdung und die Entdeckungen des Tages ihrem Hirn einen Streich spielen. Aber gleichzeitig fällt ihr eine Situation ein, in der Sören nach einem Streit über die ständige Müdigkeit ihrer Tochter Sandra dermaßen wütend war, dass sie, Manola, sich vor ihm ängstigte. Sie glaubt, sich zu erinnern, dass er damals ebenfalls aufblitzende spitze Eckzähne hatte. Nie waren sie ihr zuvor aufgefallen – und danach hatte sie nicht mehr darauf geachtet.

Mathilda kommt in Fahrt. »Wir brauchen nur unsere Beziehungen spielen zu lassen, die reichen bis zu den Berliner Gerichten hinauf. Wir haben überall Bekannte und Freunde.«

»Schlimm genug, Mathilda, dass du über den Schaden anderer

so einfach hinweggehst, was aber, wenn es in der eigenen Familie Opfer gibt?«

»Wenn du unsere Enkelin aufhetzt, dann bekommst du es mit uns zu tun. Wir können leicht deine selbstgestaltete Geburtsurkunde in Deutschland auffliegen lassen. Dann hast du die Behörde am Hacken und ob irgendjemand einer eingewanderten Lügnerin glaubt, ist äußerst fraglich. Und Schaden, Manola, wer hat einen Schaden? Die Kinder haben es längst wieder vergessen. Wenn du jetzt bitte gehen würdest, ich habe Termine.«

Mathilda greift zum Kuvert, doch Manola ist schneller. »Nein, das gebe ich ihm selber und ich stelle ihn zur Rede.«

»Ach Gottchen, da wird er Angst bekommen.« Mathilda sieht sie kühl an.

»Süßes oder Saures!« Vor dem Gartentor stehen drei Kinder mit schwarzem Umhang, weiß geschminktem Gesicht und dunkel gefärbten Augenrändern.

»Ich komme gleich und bring euch was!«, ruft Mathilda und eilt ins Haus.

***

17 Uhr

»Mama, was gibt es so Dringendes, dass du mich in der knappen Zeit, in der ich meine Facharbeit schreiben muss, um ein Gespräch bittest?« Die junge blonde Frau im dunkelblauen Etuikleid sitzt gut sichtbar in dem Café.

»Entschuldige, lass mich erst einmal setzen und ankommen, schließlich war ich gerade *Auf der Suche nach dem verlorenen Glück*.« Manola küsst ihre Tochter auf die Stirn, legt das Kuvert auf den Tisch, zieht ihre Strickjacke enger um ihren Körper und setzt sich.

»Ein echt süßer Name für ein Café, das finde ich auch, ich sitze oft hier. Die haben auch witzige Namen für die Gerichte. Das eine Frühstück heißt *Alles Käse*«.

»Ja, sehr witzig.« Manola versucht zu lächeln, es gelingt nicht.

Sie geben die Bestellung auf. Manola sucht währenddessen fieberhaft nach Worten für einen geeigneten Anfang, greift dann zum Kuvert, holt den Brief heraus, überblättert das Anschreiben und übergibt ihr die Anklage. »Sandra, ich halte keine lange Vorrede, ich bitte dich einfach, diese Seite zu lesen und mir etwas dazu zu sagen.«

Sandra setzt sich eine dunkelrandige Lesebrille auf und liest, während Manola ihr Gesicht beobachtet.

Zwei Milchkaffees werden gebracht.

Manola meint zu entdecken, dass Sandras Lippen sich aufeinanderpressen und sich eine tiefe Furche zwischen den Augenbrauen bildet. Nach einer für Manolas Gefühl unendlichen Zeit, hebt Sandra ihren Blick.

»Eine schlimme Sache, Mama. Leider kommen diese Typen, aber nein, es gibt auch Täterinnen, immer wieder durch. Trotz der medizinischen Befunderhebung beruht eine Diagnose in erster Linie auf einer qualifiziert erhobenen Aussage des Kindes. Doch die werden in der Regel eingeschüchtert, ihnen eigenes Mitverschulden eingeredet, sogar Todesdrohungen werden ausgesprochen. Wenn Arzt oder Ärztin einen Verdacht haben, oder ein Amt einen Hinweis erhalten hat, dürfen ohne Einwilligung des gesetzlichen Vertreters keine Informationen ausgetauscht werden. So kann es vorkommen, dass man den oder die Täterin um Erlaubnis fragen muss, Informationen weiterreichen zu dürfen. Absurd ist das. Und das, obwohl nachgewiesen ist, dass solche Erfahrungen in der Kindheit im Erwachsenenalter chronische seelische und körperliche Erkrankungen hervorbringen. Und du ahnst nicht, wie oft das geschieht. Eine Statistik aus dem letzten Jahr spricht von 14.700 Fällen in unserem Land.«

Sandra macht eine kurze Pause. »An wen ist dieses Schreiben eigentlich gerichtet, Mama? Wie kommst du dazu?« Weil Manola schweigt, blättert Sandra darin herum. Sie besinnt sich anders und nimmt das Kuvert, um den Adressaten zu finden. Ihr Gesicht wird fahl. Sie richtet den Blick unter den Tisch, streicht ihr Etuikleid glatt und versteckt ihre schmalen Hände unter dem Tisch.

Manola wartet darauf, dass sie wieder über dem Marmortischchen auftauchen. Dann greift sie blitzschnell zu. Sandra entzieht sie ihr, steht auf und eilt zur Toilette. Als sie wiederkommt, verbirgt sie ihre Hände im Schoß und schaut auf die Tischplatte.

»Sandra, ich muss dich fragen.« Manolas Worte, so leise und zögerlich wie eine hingehauchte Liebeserklärung kommen im selben Moment, da Sandra leise nickt.

»Nein!«, ruft Manola.
»Doch.«
»Zuhause?«
»Wo sonst.«
»Aber ...«
»Du warst zum Nachtdienst, immer.«
»Aber ich ...«
»Lass, vorbei ist vorbei!«
»Ich habe Schuld, es ist, weil ich nicht da war.«
»Du kannst nichts dafür.«
»Wieso hast du nichts ...«
»Gesagt? Mama, ich konnte nicht, ich habe es einfach verdrängt, erst in einigen unserer Seminare zu dem Thema kamen die Erinnerungen.«
Manola steht auf, läuft um den Tisch herum und umarmt ihre Tochter. Ihr laufen Tränen die Wangen hinunter.
»Mama, nicht hier.«
»Das ist der einzig richtige Moment, nämlich jetzt, wo ich es weiß.« Manola schluchzt ungehemmt.
»Ja, aber die Leute ...« Sandra löst sich zärtlich aus der Umarmung, Manola setzt sich wieder, Sandra reicht ihr ein Taschentuch. Manola schnaubt hinein. Sie nippen am mittlerweile lauwarmen Milchkaffee.
»Du weißt, dass du ihn anzeigen kannst.«
»Ach Mama, das ist doch lange vorbei.«
»Du willst ihn nicht mal zur Rede stellen?«
»Das habe ich getan.«
»Und?«
»Er hat alles abgestritten. Er meinte, es müsse mir ja sehr schlecht gehen, wenn ich solche Anschuldigungen gegen ihn anbringen würde.« Sandras Züge verhärten sich. »Und dann hat er mir seine Praxis angeboten.«
»Oh.«
»Ja.«
»Dieselbe Praxis, aus der diese Fälle hier bekannt geworden sind, das ist kein gutes Erbe.«
Auf Manolas Stirn zeigen sich tiefe Falten. »Und sie ist das Schweigegeschenk«, flüstert sie fast zu sich selbst.

»Genau das ist das Problem.« Sandra schaut auf das Kuvert und nickt. »Das ist schon eine große Schweinerei, was Papa gemacht hat. Er hat es verdient, dass man ihn anzeigt. Trotzdem, er ist mein Vater.«

»Eben, und du bist sein Kind!« Manola schüttelt den Kopf. »Das ist unfassbar, Sandra! Ich hätte das wissen und dich beschützen müssen. Das ist meine Aufgabe als Mutter. Und ich hätte sofort was unternehmen müssen.«

»Ich will das nicht und Punkt.« Sandra steht auf.

Manola erschrickt. »Bleib, ich würde dich so gern jetzt noch einmal in den Arm nehmen.«

Sandra holt ihren Mantel vom Garderobenständer und reicht Manola einen Zehn-Euro-Schein.

»Lass mal, ich mach das.« Manola schiebt Sandras Hand zurück. Beide bemerken gleichzeitig, wie heftig Manolas Hand zittert. Sandra eilt aus dem Café, ohne sich umzusehen. Manola schaut ihr hinterher. Ihre Augen füllen sich mit Tränen.

***

19 Uhr

Manola betritt leise ihr Haus, schleicht zum Arbeitszimmer ihres Mannes im Souterrain. Vorsichtig drückt sie die Klinke. Abgeschlossen.

Der Werkzeugkasten steht unter der Spüle in der Küche.

Manola ist geschickt.

Zwei Aktenberge liegen direkt auf dem schwarzen Schreibtisch, die Vorhänge sind zugezogen.

***

23 Uhr

Evas Küche ist in vollständiges Nachtdunkel gehüllt. Manolas Tränen verstecken sich darin. Eva sitzt wie erstarrt.

Ein Bild schleicht sich in die Erinnerung. Ihre Söhne waren einmal bei der Mutter von Sören zur Untersuchung: unbändiger Bewegungsdrang, kaum Konzentration im schulischen Unterricht, ständig Ärger mit den Lehrern. Ihr Großer hatte es geschafft, ein blechernes Spielzeugauto im Wartezimmer aufzubiegen und die flache Stanzvorlage zu rekonstruieren. Er hatte sich geschnitten.

Als Sörens Mutter dies sah, steckte sie seinen Finger in den Mund und leckte das Blut über einen längeren Zeitraum immer wieder ab.

Das Bild ekelt Eva. Sie schreckt zusammen. Es ist, denkt sie, als hätte ich alle Zeit eingeatmet bis zu dieser Erinnerung. Sie reißt sich davon los, steht langsam auf, tastet im Dunklen nach den Griffen der Reisetasche. Vorsichtig, einen Schritt vor den anderen setzend, bringt sie sie in ihr Schlafzimmer, stellt sie ab und verschließt die Tür mit dem Schlüssel, der im Schloss steckt. Sie lässt ihn in ihrer Schürze verschwinden. Bedächtig kommt sie zurück.

»Wenn einer singt, so muss er singen, gegen die Schwerkraft und den Tod. Ich bin dabei«, sagt sie ins Dunkle, »an die Beweise lasse ich keinen Unbefugten heran.«

Eva schlurft weiter zum Fenster, streift im Vorbeigehen zärtlich mit der Hand Manolas Schulter und schaltet die Tischlampe vor dem Fenster an. Sie zuckt zurück, denn ein Schatten entfernt sich blitzschnell vom Glas. Unwillkürlich greift sie in ihre Schürzentasche. Konnte das Sören gewesen sein? Sie starrt in den Garten.

Es klopft.

»Soll ich öffnen?«, fragt sie hinüber zu Manola.

»Ich weiß nicht.«

»Kann das dein Mann sein?«

»Unwahrscheinlich.«

»Aber wer dann?«

Wieder ein Klopfen. Eva tritt zögerlich an die Tür, fasst den Riegel und zieht ihn kaum hörbar zur Seite. Dann lauscht sie. Es klopft zum dritten Mal. Sie öffnet einen spaltbreit die Tür. »Sandra!«

Manolas Kopf bewegt sich.

Sandra tritt ein und legt sofort den vom Sprühregen feuchtgewordenen Mantel ab. Sie schaut weder Manola noch Eva ins Gesicht.

»Jetzt brauchen wir einen Tee«, entscheidet Eva und schlurft zum Herd.

Sandra setzt sich an den kleinen Tisch ans Fenster. Manola sieht zu ihr und wartet, dass sie etwas sagt. Beide hören die Flamme unter dem Teekessel flackern, wie Eva Tassen und Untertassen zusammenstellt und, als das Wasser kocht, den Tee in der Kanne aufbrüht.

Manola steht auf und trägt das Geschirr an den Tisch. Eva bringt den Tee. Dann setzen sich beide zu Sandra.

Es wird eingegossen, umgerührt, geschwiegen.

Bis Sandra das Wort wagt: »Mama, Vaters Eltern werden versuchen, mich mit gefälschten psychologischen Gutachten als verrückt hinzustellen, Richter und sämtliche Amtspersonen zu beeinflussen und den ganzen Ort in Aufruhr gegen uns beide zu bringen. Wir werden allein dastehen, denn sämtliche Familienmitglieder werden sich auf die Seite der geachteten Psychologenfamilie stellen. Wir werden zu Außenseitern. Und falls das Urteil zugunsten unserer Anklage ausfällt, kommt Vater ins Gefängnis, die Praxis wird geschlossen und wir haben nichts weiter als die Wahrheit ans Licht gebracht, wofür man uns schief ansehen und hinter vorgehaltener Hand über uns tuscheln wird. Willst du das?«

»Nein, natürlich nicht«, sagt Manola.

»Aber so wird es kommen. Wofür also soll ich das machen? Sag mir einen Grund.«

»Es gibt doch auch andere Opfer«, sagt Eva.

» ... deren Eltern es ihnen nicht glauben wollen, was sie erzählen, die weggucken, weghören, nicht wahrhaben wollen ...« Sandra rührt heftig in ihrer Teetasse.

»Aber ich konnte nicht ...«

»Mama, ich meine nicht dich speziell! Ich meine alle Menschen, die es ignorieren. Und ja, es ist kaum was beweisbar, wenn dir eines dieser Biester das Leben aussaugt. Es steht keiner daneben. Es gibt keine Filmaufnahmen, keine Fotos, keine Beweise.«

Manola legt ihre Hand auf Sandras und streichelt sie zärtlich. »Sandra, es tut mir so unendlich leid, ich hatte wirklich keine Ahnung, vielleicht habe ich meine Arbeit einfach zu wichtig genommen. Mir war die Aufmerksamkeit für zu Hause verlorengegangen.«

Sandra senkt ihre Augen: »Ich hätte dich manchmal sehr gebraucht. Ich war oft soweit, was zu sagen und bin zu dir gekommen. Doch dann blieb es stecken. Es war zu groß, es war unaussprechlich.«

Manola schaut Sandra an. »Und jetzt?«

»Was soll ich denn tun?«

»Ich habe die Beweise, alle. Eva, hol sie wieder her.«

***

Gleicher Tag, 24 Uhr

Auf Evas Fenster- und Esstisch liegen Papiere. Manola und Sandra lesen, jeder an einem Tisch, Eva sitzt mit einer Tasse Tee in der Hand auf ihrem Stuhl.

»Ich mache es«, flüstert Sandra.

***

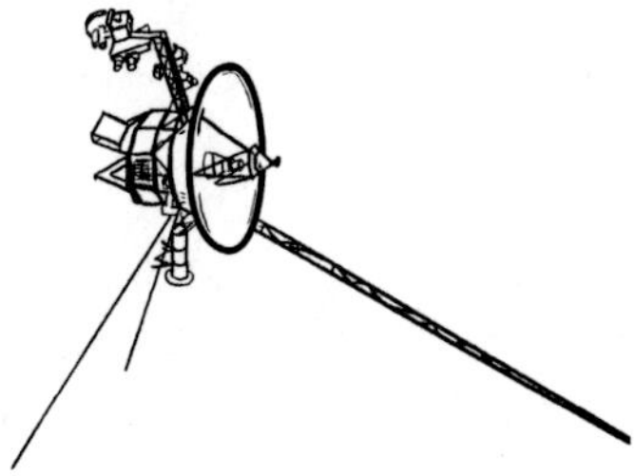

Andrea Maluga

Voyager

2044

Leia stieg aus dem Taxi und überhörte das Murren des Fahrers, wahrscheinlich zu wenig Trinkgeld. Sie ließ ihren Rucksack in den Sand plumpsen, verschränkte die Arme. Die Kaugummiblase platzte. Plopp.

Das war es also, ihr Erbe. Ein Holzhaus im Stil à la New Orleans, Grandpas Erinnerung an seine Kindheit. Die blaue Farbe war fast überall abgeblättert, das Holz blitzte darunter silbergrau in der Mittagssonne. Schon immer hatte sich die gesamte Verwandtschaft über den Schwachsinn ereifert, sich mitten im Nirgendwo von Floridas Prärien solch ein Haus hinzustellen. Ohne Nachbarschaft. Ein Haus für Arme. Auf Stelzen wegen des Hochwassers, obwohl hier meilenweit nicht ein einziger Fluss vorgesehen war.

Das Taxi holperte durch den Sand und ließ sie allein zurück. Sie nahm den Rucksack und stieg die drei Stufen hinauf. Auf der Veranda wartete Grandpas Schaukelstuhl, der jetzt ihr gehörte. Mit den Fingerspitzen fuhr sie über die Stelle an der Armlehne, an der seine Finger geruht hatten, die Maiskolbenpfeife in der Hand. Nie hatte er aus einer anderen Pfeife geraucht. Mit Mühe widerstand sie dem Impuls, sich zu setzen, auszuruhen vom Interkontinentalflug. Den Ventilator über ihr konnte sie vergessen, der war sicher hinüber, hatte sich totgehangen unterm Dach. Die Trockenheit, die Hitze, der Sand. Die Häkelgardinen an Haustür und Fenster hingen kraftlos hinter den Scheiben, ein Unding zu Grandmas Lebzeiten.

Drei Zimmer, ein Bad, die Küche, alle direkt hintereinander aufgereiht, das Licht kam nur durch die Vorder- und Hintertür und ein einziges Fenster vorn. Da hatte Grandma geschäumt und sich geweigert und erst Ruhe gegeben, bis Grandpa in jede Zimmerwand ein Loch geschlagen und Glas eingesetzt hatte. Lange hielt die Ehe nicht, trotz der Helligkeit im Haus. Leia entsann sich kaum Grandmas, ein Lächeln, eine Stimme, ein Lullaby. Dann war sie weg, irgendwohin verschwunden, niemand kannte sie mehr.

Leia schloss die Haustür auf und trat ins Allerheiligste, Grandpas Büro. Wo andere Leute ihre Sofas und Fernseher hinstellten, drängten sich links und rechts an den Seitenwänden uralte Computer auf Tischen und Sideboards, überall Kabelsalat und tonnenweise Staub. Leia hielt sich die Nase zu, um die Allergie im Zaum zu halten. Manchmal half es, heute nicht. Sie nieste. Lauschte. Antwortete jemand? Raschelte es irgendwo? Nein, nur eine Halluzination. Oder eine Maus. Und doch war ihr, als riefe sie Grandpa, wie immer mit vollem Namen: »Prinzessin Leia, was macht der Krieg der Sterne?«

Nichts machte der, die Schauspieler aus Star Wars längst alle Sternenstaub, der Film vergessen und die Jahrzehnte alte Furcht vor einem echten Sternenkrieg hatte sich nicht bewahrheitet. Nur ihr Vorname war geblieben und die nervenden Fragen der Leute: »Was ist das für ein i in Leia? Wo kommt das her?«

Von Grandpa, dem verrückten Raketenbastler, der sein Leben, seine Ehe und alles Geld geopfert hatte für den Traum vom Fliegen. Und für eine Schallplatte aus Kupfer und Gold, die noch in 500 Millionen Jahren vom Dasein der Menschheit zeugen würde. Wenn wir alle nicht mehr existieren, nicht die Erde und nicht ihre Bewohner. Wenn die Sonne unseren Planeten ausgespuckt hat aus der Heliosphäre, hinein in die unendliche, ewige Dunkelheit. Oder uns verschluckt.

Leia öffnete die Grandma zu verdankenden Fenster, löste die Fensterläden und stieß sie auf. Hitze und Sonne stürmten die kühle Dämmerung und gewannen die Oberhand.

Sie ging durch die zweite Tür, die versetzt zur Haustür war, ganz dem Aberglauben geschuldet, dass dies die Geister verwirre und sie zum Fortbleiben verdammte.

Das Wohnzimmer verdiente den Namen tatsächlich, zumindest wenn man die zentimeterdicke Staubschicht auf dem Sofa, dem Couchtisch und den beiden Büfetts ignorierte. Alles grau, auch der runde Teppich, nur die Bücherrücken vermochten ein wenig Bunt in den Raum zu werfen. »Zwanzigtausend Meilen unter dem Meer« von Jules Vernes in Beige mit umlaufender Weltkarte, Einsteins und Infelds »Evolution of Physics« in Lila-Gelb sowie die Damen Dewitt-Morette und Choquet-Bruhat mit ihrem Analysis-Lehrbuch in Gelb. Leia fuhr mit den Fingerspitzen über die Titel. Als Kind hatte sie jedes Buch von Grandpa in der Hand gehabt, hatte die Bilder bestaunt und selbst einige hinzugefügt, wenn niemand hinsah. Grandpa hätte es gern gehabt, wenn sie in seine Fußstapfen getreten wäre, das Talent für Naturwissenschaften hatte sie jedenfalls geerbt. Berufung?

Auch hier stieß sie die Fenster auf und ließ Sonne und Wärme hereinquellen. Sie warf sich aufs Sofa, ungeachtet der hochstiebenden Staubflusen, schob sich die Kissenrolle in den Nacken und schloss die Augen.

So lange war sie nicht mehr hier gewesen. Seit Mom und Dad sich hatten scheiden lassen und Dad sich nach Grandpas Tod hier verschanzt und niemanden mehr hereingelassen hatte. Getroffen hatten sie sich alle immer zu Weihnachten auf einem Parkplatz, ganz in der Nähe von Grandpas Nest. Sie wechselten Geschenke und traurige Blicke und hatten wieder ein Jahr Ruhe voreinander.

Leia atmete tief durch und versuchte, sich wieder zu orientieren, Spuren von Dad zu entdecken, aber nichts wies auf seine Anwesenheit bis vor ein paar Wochen hin.

Auf dem Beistelltischchen neben dem Sofa blinkte ein uralter Laptop. *Dass der noch am Leben war.* Leia nahm ihn auf den Schoß und öffnete den Deckel. Icons der NASA, Cape Canaveral erschienen, Ordner mit privaten Fotos und gespeicherten Adressen. Ein Tab war noch offen. Leia klickte ihn an. *Sieht aus wie eine Direktleitung, ein Standbild. Sicher längst eine tote Verbindung.*

Doch nein, etwas bewegte sich, eine Stimme räusperte sich. Ein Schauer kroch Leia den Rücken hinauf, ihre Nackenhaare stellten sich auf. *Ein makabrer Gruß von Grandpa aus den ewigen Jagdgründen? Ihm ist alles zuzutrauen.*

»Hallo Leia«, sagte der Laptop.

»Hallo Laptop«, sagte Leia und hörte auf zu atmen.

»Hier ist Voyager, ich freue mich, dass du mich hörst.«

Leia atmete aus. *Ein Scherz, natürlich, Grandpa, du Blödmann. Mich hier zu Tode zu erschrecken.* In ihre eiskalt gewordenen Finger pumpte wieder Blut.

»Voyager. Alles klar«, sagte sie. »Du bist eine Raumsonde, seit über 25 Jahren im interstellaren Raum unterwegs. Also kein Kontakt zur Erde mehr möglich. Verscheißern kann ich mich alleine.«

»Verscheißern? Ich finde das Wort nicht im Wörterbuch von 1977. Ich habe Energie gespart und mich weiterentwickelt. Mortimer und seine Kollegen haben mir die besten Komponenten eingebaut und gehofft, dass du mit mir Kontakt aufnimmst.«

»Grandpa? Aber dann hätte er mir davon erzählt!«

»Du warst elf Jahre alt, Leia, als er starb. Und er hat dir sein Haus vererbt. Mit allen Büchern, das ist Vertrauen genug. Ich hätte übrigens gern eins.«

»Ein Buch?«

»Ja, ich habe alle, die er mir im Bordcomputer gespeichert hat, mehrmals gelesen. Und in alle bekannten Sprachen übersetzt.«

»Hattest du Langeweile?« Leia glaubte, sich verhört zu haben.

»Nein, nur 67 Erdenjahre Zeit.«

»Welches willst du haben? Vielleicht ‚Gravitation' von Thorne, Misner, Wheeler?«, las Leia den Titel des neben ihr auf dem Sofa liegenden Werkes ab, nachdem sie es von seiner Staubschicht befreit hatte.

»Hab ich schon, danke. Vielleicht etwas Aktuelleres.«

»Okay, das kann ich dir von meinem Communicator herunterladen, wenn du willst.« Sie zückte ihr mobiles Telefon und ließ es sofort wieder sinken. *Was mache ich hier*, dachte sie. *Die Hitze tut mir nicht gut. Und Dad sagte immer, dass es in Mortimers Haus spukte. Wahrscheinlich, weil das Holz, das zum Bau verwendet wurde, mit Voodoozauber belegt ist.*

»Kannst du mir auch was von den Beatles geben?«, fragte der Laptop.

»Wieso hast du die nicht, die waren 1977 doch voll im Trend.«

»Ja, aber sie wollten keine Weltraumlizenz vergeben und sind deshalb nicht auf meiner Goldenen Schallplatte.«

»Die Goldene Schallplatte? An der Grandpa mitgearbeitet hat?«

»Ja, die höre ich in Dauerschleife, seit ich nichts mehr von euch höre.«

»Seit 2018?«

»Ja, ganz leise, damit es nicht meinen Ruhezustand stört.«

Die Vorstellung, dass irgendwo da draußen eine Sonde so groß wie ein Autobus durch das Universum gondelte und sich dabei von Chuck Berry in den Schlaf singen ließ, erheiterte Leia. »Wie weit bist du entfernt?«, fragte sie.

»35 Milliarden Kilometer.«

»Und wie kommt es, dass wir miteinander reden können?«

»Ich habe einen Teil meiner Intelligenz auf deinen Laptop gespielt, damit wir kommunizieren können. Ich update das alle paar Stunden.«

»Das bist gar nicht du im Laptop?«

»Nein, sozusagen mein Spiegelbild. Sonst würde jede Antwort 64 Stunden benötigen.«

»Klingt unpraktisch.«

»Genauer gesagt wären es 64 Stunden, 7 Minuten, 6 Sekunden.«

»Auch nicht besser.«

Voyager lachte. Leia war so verblüfft, dass sie in das Lachen einfiel. Grandpa hätte sich sicher mit Voyager bestens verstanden. »Du hast Mortimers Humor«, sagte sie.

»Danke. In gewisser Weise bin ich sein Werk. Lebt noch jemand von der Mission?«

Leia schluckte, so viel Direktheit an diesem Tage bekam ihr nicht. Und die Tatsache, dass eine künstliche Intelligenz mit den Eigenheiten ihres Großvaters existierte, ließ sie zittern. »Nein, niemand.«

Beide schwiegen, ganz menschlich. Leia knetete ihre Finger.

»Ich habe auch Fotos«, durchbrach Voyager die Fremdheit. »Es gibt eins von der Riesenparty, als wir gestartet sind, Voyager I und ich, meine ich. Da tanzt das gesamte Institut.«

»Oja, das kenne ich. Muss toll gewesen sein. Aber auch traurig, weil sie die Gruppe dann aufgelöst haben bis auf eine Notbesetzung. Wie geht es Voyager I?«

»Wir haben den Kontakt verloren.«

»Meinst du, sie ist ...«

»Tot? Sie kann nicht sterben, sie ist eine Maschine. Sie schwebt, so wie ich, durch das Weltall. Vielleicht wurde sie schon von anderen Lebewesen gefunden.«

»Das glaube ich nicht«, sagte Leia. »Die hätten uns sonst eine Nachricht gesandt.«

»Vielleicht wollen sie nichts mit euch zu tun haben?«

»Warum?«

»Ich kenne mehrere Gründe«, sagte Voyager. »Kriege, Seuchen, Feindseligkeit gegenüber Fremden. Wenn sie uns beobachtet haben, sind sie längst wieder verschwunden.«

Leia lächelte trotz der Wucht der Anschuldigungen. Voyager hatte »uns« gesagt. Sie würde sich einsetzen für die Menschheit, die in Wahrheit so verletzlich ist.

»Meine Energie reicht nicht mehr lange«, sagte Voyager.

»Wie lange? Ich dachte, du könntest ... wir könnten ...?«

»Nein, wohl nicht. Eine halbe Stunde vielleicht. Ich muss noch updaten, bevor ich in den Schlafmodus gehe.«

»Wann hast du wieder genug Energie?«

»Damit wir kommunizieren können? In hundert Jahren.«

»O Gott, da bin ich 131! Was kann ich tun?«

»Nichts. Vielleicht mir ein bisschen mehr Musik schicken, wie gesagt.«

»Okay, na dann ...« Leia kämpfte mit den Tränen. 131 Jahre! Kein Mensch wurde so alt, immer noch nicht, trotz aller medizinischen Fortschritte. »Voyager?«

»Ja?«

»Könntest du noch ein bisschen warten und noch nicht abschalten?«

»Einverstanden.«

Jetzt wäre eine Fahrstuhlmusik hilfreich, damit sie nicht abhaut, dachte Leia. *Und eine sanfte Frauenstimme, die um Geduld bittet: Warten, bitte warten.*

Verdammter Mist, was kann ich tun?

Sie rannte wie aufgescheucht durch die beiden Zimmer, fieberhaft wühlte sie in den Kabeln und Anschlüssen.

Warum habe ich nicht meinen Computer dabei, oder wenigstens ein Tablet, es wäre ein Kinderspiel, Voyager die nötigen Updates zu schicken. Der blöde Communicator ist nicht leistungsfähig, eher so ein Gag zu Weihnachten, das letzte Geschenk meines Vaters, bevor er starb. Taugt zum Anrufen, mehr nicht. Krass, krass, krass. Überall Computerschrott, gebrochene Kabel, blinde Bildschirme und 100.000 Pfund Staub. Das klingt nach einer Woche Krankschreibung. Aber nicht jetzt. Weiter.

Sie nieste und kämpfte sich durch den alten Kram.

Warten, bitte warten. Ihre Augen begannen zu tränen. Sie wühlte sich tiefer.

Nichts Brauchbares. Mit dem Aufräumen wäre ich Jahre beschäftigt. Ich sollte die ganze Hütte abfackeln, mit allem, was darin ist. Später. Sentimentalität kann ich mir jetzt nicht leisten. Was ist das? Ach, Dads tragbare Spielkonsole. In Rosa.

Er hatte sie Leia als Kind nur ungern überlassen, er hatte befürchtet, dass sie sie auseinandernehmen und nicht mehr zusammenbekommen würde.

So ein Blödsinn, Daddy. Grandpa hatte ganze Arbeit geleistet, ich konnte schon Computer umbauen, als meine Ausrüstung aus Nuckel und Windel bestand. Sie besah sich die Konsole näher. *Das Museumsstück hat auf jeden Fall mehr Power als die 70er-Jahre-Technik hier überall.*

Sie schaute sich um, die Nase mit den Fingern zugeklemmt. Der Staub flirrte durch die Sonnenstrahlen. *Auf dem Sideboard an der Tür habe ich vorhin doch eine dieser Anschlussbuchsen und ein passendes Kabel gesehen. Ja, da ist es.*

»Voyager, bist du noch da?«

Banges Warten, nichts. Leia lauschte, nur Windgeräusche von draußen, sonst nichts. Ihr Magen fühlte sich wie ein Klumpen an. War sie zu spät?

»I‘m singing in the rain ...«, klang es aus dem Laptop.

»Du bist irre, wie machst du das?«, rief Leia und begann, durch das Chaos zu tanzen. »Warte nur ein paar Minuten, dann bin ich soweit, ich habe eine Idee!«

Sie summte die Melodie von Frank Sinatra weiter. Das Sprichwort »Mit Musik geht alles besser« bewahrheitete sich. Sie fühlte neuen Schwung, ihr Kopf wurde klarer und die verstopfte Nase interessierte sie nicht mehr. Mit fliegenden Händen schloss sie

Dads Spielkonsole an den Laptop an, wartete darauf, dass sie sich miteinander verbanden. »I'm dancing in the rain«, summte sie, um ihre Aufregung zu dämpfen. Ihr Herz schlug wummernd gegen die Rippen.

Neiiin, der Laptop erkennt das Scheißding nicht, dachte sie. *Warum?* Sie riss das Kabel aus der Buchse, pustete etwaige Flusen ab, schaute es scharf an und steckte es wieder zurück. *Warten, bitte warten. Aaa, jetzt, der gute Herr Laptop ist etwas begriffsstutzig.*

Mit einigen Klicks schickte sie die Daten der Spielkonsole an den Laptop.

»Mach was draus, Voyager, was anderes kann ich dir im Moment nicht bieten«, flüsterte sie und drückte auf »Senden«. Sie sah den Daten zu, wie sie als Strichzeichnung von einem Ordner in den anderen flogen. Es dauerte ewig. Sie biss an ihrem grünlackierten Daumennagel herum.

Hauptsache, das konventionelle Stromnetz bleibt stabil, dachte sie. *Das haben sie in hundert Jahren noch nicht hingekriegt, dass es zuverlässig läuft. Warum hat Dad nicht schon längst in Windenergie investiert? Egal.*

Die Daten flogen von Florida aus zum Jupiter, an Saturn, Uranus und Neptun und ihren Monden vorbei, einen ähnlichen Weg entlang, den die Voyager II genommen hatte, bis hin zum Rand unseres Sonnensystems und schleuderten dann hinaus bis zur Raumsonde.

Es muss funktionieren, dachte Leia, *unbedingt. Niemand sonst auf der Erde außer mir hat eine Ahnung, dass Voyager auf uns wartet.*

Erschöpft legte sich Leia auf das Sofa, knüllte sich ein Kissen unter den Kopf und beobachtete die fliegenden Daten.

***

»Leia-Schatz!«, die Stimme ihrer Mutter riss Leia wieder hoch. *War sie nicht längst tot?* Trotzdem stand sie leibhaftig vor ihr, umflirrt von den Sonnenstrahlen, die in Grandpas Haus fielen, und hielt ihr Dads Spielekonsole hin. »Kann ich die entsorgen?«

»Was? Nie im Leben!« Leia riss ihrer Mutter das Lieblingsspielzeug ihrer Kindheit aus den Händen.

»Das Ding funktioniert doch bestimmt sowieso nicht mehr«, sagte Mom, die immer gegen solches Elektronikzeugs gewesen war, und drehte sich wieder weg. Merkwürdigerweise war sie sofort verschwunden, wie vom Erdboden verschluckt.

Leia klappte den rosa Deckel der Spielekonsole auf. In ihr keimte die Ahnung, dass Dad sie eigentlich ihr zuliebe angeschafft hatte, ohne sie zu sehr verwöhnen zu wollen und gleichzeitig ihre Spielzeit limitieren zu können.

Ohne dass sie eine Taste gedrückt hatte, leuchtete der Bildschirm auf und lud ein Testspiel. Super Mario, das hatte sie auch immer gerngehabt. Die bunte Simulation veränderte sich ständig, so als ob jemand tatsächlich spielte. Die Punktzahl erhöhte sich zusehends, der Avatar war sehr erfolgreich.

Wer kann das sein?, dachte Leia, sich aufrecht setzend. Dann ploppte ein Kästchen auf: Voyager cleared Level 12.

June Is

Donauseelen

Es waren bisher aufregende Semesterferien in Budapest.

Bence Irban und seine Freunde hatten eine Menge vor, besonders mit den ungarischen Damen. Schon in der ersten Woche schlossen sie Wetten ab, wer wie viele ins Bett bekäme. Natürlich musste es immer ein Beweisfoto geben – welcher Art auch immer, Hauptsache neu in der Galerie.

Bence war bei den Studentinnen besonders beliebt, da er zwar Deutscher war, aber aufgrund seiner ungarischen Wurzeln einen wüsten Mischmasch an Ungarisch-Deutsch-Englisch sprechen konnte. Die Wirkung ließ nicht lange auf sich warten. Natürlich musste er dabei die ein oder andere Hoffnung enttäuschen, aber das war ihm egal. Ein bisschen Training auf dem Tennisplatz ließ ihn richy und chic wirken. Kurz: Bence wusste, wie er seine Karten auszuspielen hatte.

So lag er im Abenteuermarathon weit vorn, weswegen etwas Unmut im Jugendherbergszimmer herrschte.

»Ey, Bence, das kann doch gar nicht sein, wie machst du das? Ich grabe immer noch an der aus der ersten Woche und du zeigst uns schon, wie die fünfte ihre Möpse entblößt?« Einer seiner drei Freunde, Basti, schüttelte den Kopf.

»Dabei bist du auch nur Durchschnitt«, sagte Leo.

Bence schaltete zufrieden sein Handy aus. »Tja, gekonnt ist eben gekonnt. Morgen gehe ich auf die Suche nach meinem nächsten Weibchen. Kleiner Tipp: Führt eure Frauen doch mal ins Marvelasa, gebt ihnen etwas Alkohol, aber bitte nicht zu viel, sonst stoßt«, hier kicherten alle, »ihr an eine rechtliche Grenze ... und ihr werdet sehen ...« Alkohol war sein Standard-Tipp für andere, da er sein eigentliches Geheimnis – Sprachmix, Charme, gespielte Unbeholfenheit und Verständnis für egal, was die Frau sagt – nicht preisgeben wollte.

Karl hatte bisher gar nichts gesagt. Er schaute Bence an. »Warst du denn schon mal in diesem Restaurant?«

Bence schüttelte den Kopf. »Steht im Reiseführer als *must see*, wohl weil es eine bewegte Geschichte hat.« Er zuckte mit den Schultern.

Basti sprang vom Etagenbett auf. »Na gut, wir führen alle unsere aktuelle oder Bence seine nächste Frau ins Marvelasa!«

»Zeitgleich?« Bence zog eine Augenbraue hoch.

»Nein, natürlich nicht. Aber du wirst sehen, bei uns bringt das gar nix.«

Alle anderen nickten wie zur Bestätigung.

Nun war Bence neugierig geworden. »Um was wetten wir, wenn es doch klappt?«

Ruhig überlegte Basti. »Hmmmm. Wenn es klappt ... zahlen wir deinen nächsten Urlaub innerhalb Europas, oder hat jemand eine bessere Idee?«

Leo meinte: »Wir könnten seine Hochzeit ausrichten.«

Allgemeines Gelächter.

Bence verschränkte die Arme vor der Brust. »Sehr witzig, Jungs.«

»Also gut, wenn es klappt, legen wir für den nächsten Semesterausflug zusammen, wenn nicht, muss Bence in Bademantel und Schlappen in eine der nächsten BWL-Vorlesungen kommen.« Alle drei stellten sich zusammen und streckten ihre Hände nach vorn in die Mitte.

Bence legte seine Hand obendrauf. »Deal!«

Sie klatschten ab und machten sich dann für den Abend fertig.

***

Bence streunerte durch die Straßen Budapests, auf der Suche nach einer willigen Ungarin. Nachdem sich ausgerechnet an diesem Abend die Mädchen alle merkwürdig abweisend verhielten, blieb er auf der Kettenbrücke am Geländer stehen und schaute hinab, in die Donau. Er sog die Luft ein; es war die übliche Großstadtmischung aus Abgasen, typischem Geruch am Wasser und billigem Unisex-Parfüm. Abends hatte die Stadt für ihn schon immer etwas Magisches gehabt. Aber dieses Mal war etwas anders.

Als er eine Weile auf den Fluss geblickt hatte, erhoben sich helle Wesen aus der Donau und zogen in Scharen vor ihm und dem Geländer in den Himmel. Während er ihnen nachsah, wurden sie zu kleinen Lichtpunkten, bis sie verschwanden. »War das real?«

»Frage ich mich auch jedes Jahr an diesem Tag.«

Bence drehte sich erschrocken um. »Was?« Er sah eine junge Frau mit kurzen Haaren und ein paar Pfunden zu viel. Nicht sein Typ. Schade.

Sie lächelte. »Du hast gerade gefragt, ob das real war. Ich nehme an, du meinst die Donaugeister.«

»Nein, also eigentlich habe ich das gedacht, also ähm ... ja.«

»Außer mir hat die noch keiner gesehen. Ich komme jedes Jahr am selben Tag her und beobachte sie.« Sie streckte ihm die Hand hin. »Ich heiße Nikolett.«

»Bence.« Er schüttelte sie, drehte sich danach wieder zur Donau. »Was sollte das sein?«, fragte er mehr die Donau denn die neue Bekanntschaft.

»Meine Familie glaubt, es sind die Seelen der von den Nazis ermordeten Juden, die nach und nach in den Himmel berufen werden. Eine schöne Vorstellung, wenn du mich fragst.«

»Hm.« Mit dem Thema konnte Bence gar nichts anfangen. Seine Familie hatte ihre und damit auch seine Vergangenheit totgeschwiegen und er hatte es nach den ersten Fragen schnell aufgegeben. Keine Antworten, kein Interesse.

Er ertappte sich dabei, dass es ihm lieber gewesen wäre, es würden halbnackte Feen einen Reigen tanzen und dann in den Himmel fliegen. Das konnte er natürlich so nicht sagen. Also fragte er das Naheliegende, ob aus Verdrängung oder Verlegenheit, war ihm in dem Moment selbst nicht so ganz klar: »Lust auf Essen? Im Marvelasa?«

Nikolett schaute ihn nun skeptisch an.

»Gleich da ums Eck. Ich habe ein bisschen Hunger.« Dabei schaute Bence in die Richtung, in der das Restaurant lag.

»Ich weiß, wo das Marvelasa ist, aber woher kennst du es?«

»Hat fünf Sterne im Netz – wenn du es nicht magst, dann zeig mir dein Lieblingslokal.« Er lächelte sein charmantes Lächeln.

»Es ist schon okay, ich frag mich nur, wieso du aus Hunderten Restaurants im Umkreis – okay, das ist übertrieben – aber mindestens 50 dürften es sein, ausgerechnet das gewählt hast. Es gehörte einem der Flussgeister.«

Bences Nackenhaare stellten sich auf. Doch er sagte nur leichtfertig: »Dann passt es ja. Komm!« Er musste schleunigst von der Brücke weg.

Im Restaurant war die Hölle los. Alle Tische schienen besetzt zu sein. Weiter hinten erspähte Bence seinen Freund Basti mit der neuesten Eroberung. Er goss ihr gerade Wein nach. »Vielleicht gehen wir doch besser woanders hin.«

Doch da erblickte der Wirt Nikolett, er kam auf sie zu. »Nikolett! Pünktlich wie immer am Donauseelentag. Vom Seelenzählen hungrig geworden?« Er blinzelte Bence zu.

Dieser zog die Augenbrauen zusammen. Es war ihm, als könne der Wirt direkt in sein Innerstes sehen.

Nikolett stellte die beiden vor. »Jakob, das ist Bence, ein Freund, wir benötigen einen Tisch.«

»Aber klar doch, kommt mal mit.«

Bence drehte sich noch mal nach seinem Freund um, doch der sah ihn nicht, hatte nur Augen für sein Date.

Sie folgten dem Wirt in eine Nische, auf der ein Reserviert-Schild stand. Jakob nahm es weg, legte stattdessen zwei Menükarten hin. »Bitte.«

»Danke.« Beide setzten sich.

»Sag mal ...«

»Jakob hält immer was für mich frei«, beantwortete Nikolett seine unbeendete Frage.

»Verstehe ... ich dachte, ich hätte das Lokal vorgeschlagen.« Verwirrt schlug Bence die Karte auf.

»Hast du auch.«

Nach der Bestellung schaute er Nikolett an. Ihr Alter war schwer zu schätzen. »Was machst du noch, außer Geister zählen?«

»Studiere Judaistik.«

»Verstehe.«

»Ja, meine Großeltern hätten sich das gewünscht. Ihre Kultur lebt dadurch in mir weiter.« Etwas leiser fügte sie hinzu: »Sie sind ermordet worden.«

Bence schwitzte mehr als normal. »Das tut mir sehr leid.«

Sie starrte auf den Tisch. »Lass mich raten, du studierst Management, BWL oder so was.«

»Sehe ich so klischeehaft aus?« In ihm arbeitete es, was sollte er tun? Ehrlich sein oder das übliche Programm fahren ... eigentlich war es egal. Er wollte nichts von Nikolett. Aber andererseits, eine Braut mehr auf der Liste ... »Da liegst du leider falsch.« Der Verführer-Bence gewann. »Ich studiere Physik.«

»Niemals!«

»Doch ...«, Bence überlegte, was er noch aus dem Matheblock für BWL wusste, »Statistische Physik. Wahrscheinlichkeitsrechnung und so was.« Okay, das war dämlich. Hoffentlich fragte sie nicht weiter.

»Cool, hätte ich nie gedacht. Die Physiker, die ich kenne, sind irgendwie ... anders.«

»Dann kennst du jetzt eben einen außergewöhnlichen.« Charme-Lächeln inklusive.

Sie unterhielten sich eine Weile, bis Jakob höchstpersönlich das Essen an den Tisch brachte.

»Spaghetti Carbonara für die Dame, Pizza Diavolo für den Herren. Jó étvágyat – guten Appetit.« Er schaute Bence etwas länger an. »Die Wahrheit, mein Freund, liegt am Donauufer.« Dann verschwand er hinter den Tresen.

»Was sollte das heißen?«

Nikolett wickelte ihr Besteck aus der Serviette. »Manchmal redet er komisches Zeug. Manche behaupten, dass seine Karte – und das, was der Gast wählt – die Zukunft voraussagen kann.« Sie schaute auf seine Pizza. »Du hast Diavolo, mh.«

»Etwas Teuflisches wohl.« Bence testete den ersten Bissen. »Andererseits ist sie dafür zu gut.«

»Teuflisch würde zu seinem Donauufer-Spruch passen«, murmelte Nikolett.

Bence hatte es trotzdem gehört. Wieder stellten sich seine Nackenhaare auf.

Sein Handy vibrierte. Er zog es aus der Hosentasche. Der Freund, der vorhin auch im Marvelasa saß, schickte ein Bild von der Kettenbrücke, einen Daumen hoch und die Frage: *Wo kommst du heute?* Kurz überlegte Bence, ob er *Wann* meinte, also *Wann wieder in der Jugendherberge?,* und die Worterkennung es verändert hatte. Er schickte einen passenden Smiley zurück und steckte das Smartphone weg.

An diesem Abend war er es, der etwas viel Wein trank. Die merkwürdigen Ereignisse des Abends und die Anwesenheit einer Person wie Nikolett ließen ihn unvorsichtig werden.

Jakob schüttelte den Kopf, als er nach drei Gläsern einen weiteren bestellen wollte. »Mein Freund, kein Wein mehr für dich, sonst stolperst du uns noch in den Fluss. Nikolett, die Rechnung geht heute auf mich.«

»Was, wieso?« Bence protestierte. Er war es gewohnt, Geld auszugeben, und wollte niemandem etwas schuldig sein. Also legte er ein paar Scheine auf den Tisch.

»Ich nehme es nicht. Wenn es dir geschmeckt hat, kommst du zurück und dann reden wir weiter. Heute bist du mein Gast.« Mit diesen Worten steckte Jakob ihm sein Geld wieder in die Hosentasche.

»Danke«, sagte Nikolett, während sie Bence zum Ausgang zog, »es ist aber wirklich nicht nötig.«

Jakob folgte. »Der arme Kerl wird noch genug durchmachen müssen.«

Abrupt blieb Bence stehen. »Wegen der Diavolo?«

»Wegen der Vergangenheit, mein Freund.«

***

»Das war seltsam. Wieso sagt er so was?« Bence starrte an der Straßenecke wieder auf die Donau.

Nikolett räusperte sich. »Vielleicht um zu warnen, Menschen nicht für die eigenen Zwecke zu benutzen.«

Meinte sie ihn? Hatte sie ihn so schnell durchschaut?

»Ich spüre, dass in dir etwas arbeitet. Komm mit!« Ungefragt nahm sie seine Hand und zog ihn am Ufer entlang. Ihre Hand war warm, auf seiner Haut spürte er ein Kribbeln, das sich bis in die Schultern zog. Eindeutig zu viel Wein.

Vor den aufgereihten Schuhen des jüdischen Ehrenmals am Kai blieb Nikolett stehen. Das Ehrenmal war auch nachts beleuchtet und etwas Surreales ging von ihm aus. Nebel kroch aus den Schuhen in die Gassen der Stadt, ganz nah am Boden.

»Ich kenne das Mahnmal«, flüsterte Bence, dem mittlerweile unwohl war. Ein kühler Luftzug störte seinen Sommerabend. Vielleicht war es auch etwas anderes.

»Du weißt lediglich, dass es *Schuhe am Donauufer* heißt.« Ihr Umriss verschwand neben der Schuhreihe, bis sie nicht mehr zu sehen war.

Bence wollte weg. Das war nicht mehr lustig. »Was soll das jetzt? Willst du mir den Abend verderben?«

»Nein! Du hast doch selbst gewählt, die Diavolo!«

In dem Moment schoss jemand hinter ihm, ein Gewehrschuss. Etwas fiel schwer ins Wasser. »Hilfe!« Ein Gurgeln, dann der nächste Schuss. Der Nebel lichtete sich nur langsam. Autos, die eben noch auf der anderen Seite parkten, waren verschwunden; die Straße war mit riesigen Steinen gepflastert und es war dunkler als vorher. Die Lampen sahen auch anders aus. Wieder ein Schuss.

Bence wollte wegrennen, sich schützen, blieb jedoch an Ort und Stelle, aufgereiht neben Menschen, die auf einmal in den Schuhen steckten. Seine Brust fühlte sich immer enger an, als läge eine Tonne Blei darauf. »Nikolett, wo bist du? Was ist hier los?«

Die Frau neben ihm, sie hatte Ähnlichkeit mit Nikolett, nur ihre Kleidung wirkte altmodischer und die Haare waren länger, schaute ihn fragend an. Dann zischte sie. »Was hier los ist? Die Nazis sind los! Und wir in ein paar Minuten tot.«

»Aber – es ist 2020, es gibt Menschenrechte, was soll der Quatsch!?« Bence brach kalter Schweiß aus. Der nächste Schuss fiel, ein weiterer Körper landete in der Donau.

Ein älterer Mann legte ihm die Hand auf die Schulter. An ihn geklammert, ein kleiner Junge. »Du bist ein Irban, stimmt's?«

»Ja, woher ...?« Bence war verwirrt.

»Es ist deine Nase, nur Irbans haben diese Nase, lang aber unten nach links gebogen.« Er drehte Bences Gesicht etwas zur Seite.

Erst begriff Bence nicht, dann schaute er den Kleinen an. Er hatte tatsächlich eine lange, leicht nach links gebogene Nase. »Opa?«

Als der nächste Schuss nicht weit von ihnen fiel, drückte der Mann, der wohl sein Uropa war, das Kind an sich und gab ihm beim nächsten Schussgeräusch einen Schubs in die Donau. Es platschte zusammen mit dem anderen Körper, ging jedoch sofort unter.

»Was hast du da getan?« Bence versuchte, hinterherzuspringen, irgendetwas zu tun, aber obwohl er seine Beine bewegte, passierte nichts. Das musste ein Alptraum sein!

Die Stimme seines Uropas zitterte, als er sagte: »Das war seine einzige Chance.« Dazu ein durchdringender Blick ähnlich des Wirtes im Marvelasa.

Bevor Bence was erwidern konnte, waren die Männer mit den Gewehren bei seinem Verwandten. »Na, wen haben wir denn hier? Meister Irban, der Uhrmacher. Eigentlich sollten wir dir erst eine Lektion erteilen, bevor wir dich der Donau übergeben, meine Uhr geht eine Minute nach. Das ist nicht gut für die deutsche Pünktlichkeit.« Der Mann mit der Hakenkreuzbinde ging viel zu nahe an Bences Uropa heran und zückte ein Messer.

Währenddessen zerrte ein anderer an den Klamotten der Nikolett-ähnlichen Frau, bis sie nackt vor ihm stand. Sie wehrte sich nicht, doch eine unsichtbare Welle der Angst und des Schmerzes traf Bence mit voller Wucht. Das durfte doch alles nicht wahr sein! Das konnte nicht wahr sein!

Kein Wunder, dass seine Eltern nie über die Geschehnisse von damals redeten.

Eins wurde Bence klar: Opa war nicht in der Donau ertrunken, irgendjemand musste ihn gerettet haben. Eine Träne lief ihm die Wange hinunter.

Als der Mann mit dem Gewehr seinem Uropa die Augen ausstach, übergab sich Bence. Er blieb auf den Boden gekauert, wandte sich ab. Der Schmerz wurde unerträglich. Ein weiterer Schuss, und der Körper des Uhrmachermeisters landete in der Donau.

Jetzt wäre Bence an der Reihe. Er zitterte. Jedoch passierte nichts.

Ein Schrei der Frau ließ ihn wieder aufblicken, er musste zusehen, wie sich der zweite SS-Mann an ihr verging, bevor sie sie erschossen.

Bence ballte die Fäuste, konnte sich aber immer noch nicht von seiner Stelle wegbewegen.

Weitere Menschen kamen aus den Gassen. Männer, Frauen, Kinder. Sie wurden alle an das Donauufer neben ihn getrieben.

Als der letzte Schuss verhallte, legte sich eine Stille über den Kai. Eine Stille, die Bence noch weniger ertrug als alles zuvor. Weil sie seinen Gedanken Raum ließ, ihm klarmachte, von was er gerade Zeuge geworden war. Ungeheuerlich! Er weinte, bis der Nebel verschwand.

Wieder legte sich eine Hand auf seine Schulter. Bence zuckte zusammen. Langsam stand er auf und schaute Nikolett an.

»Es tut mir leid, aber ich habe gespürt, dass du tief in dir drin wissen willst, was passiert ist ... «

»Deine Uroma ist vergewaltigt –«

Sie legte Bence einen Finger auf die Lippen. »Ich weiß.«

Er umarmte Nikolett lange. Als sie sich voneinander lösten, fragte er: »Hast du das gemacht?«

»Nein, ich bin keine Hexe.« Sie strich sich eine kurze Strähne aus der Stirn.

Bence blickte in Richtung Marvelasa. »Jakob ... er hat mich gleich durchschaut. Vielleicht sollte ich mich bei ihm bedanken.«

»Du bist ziemlich verwirrt, was?«

»Nein, ich glaube, zum ersten Mal in meinem Leben bin ich das nicht.« Er lief in Richtung Marvelasa.

Nahe der Kettenbrücke drang ein lustvolles Stöhnen zu ihm herüber.

Er dachte an sich selbst vor ein paar Stunden, als er noch unbeschwert auf der Suche gewesen war. Doch es hatte sich alles verändert, alles. Verführer-Bence hatte einen Knacks bekommen. Er blieb abrupt stehen. »Du, Nikolett ...«

»Kannst ruhig Niko sagen, das tun alle – außer Jakob.« Sie nahm seine Hand. »Was auch immer es ist, raus damit.«

Bence schaute zu Boden. »Also, es tut mir leid ... ich hab dich angelogen. Ich bin kein Physiker. Das studiere ich tatsächlich nicht; mit dem Management hattest du recht.«

Sie winkte ab. »Schon gut, ich hab es dir eh nur halb geglaubt. Außerdem dachte ich sowieso, dir ist das alles zu unheimlich und ich sehe dich nie wieder. Zumindest bis das Essen serviert wurde und Jakob seinen Spruch brachte.«

»Das wäre schade. Also das Nie-Wiedersehen.«

Er wurde leicht rot. Zum Glück konnte man es im Dunkeln nicht so gut sehen.

»Findest du? Ich bin doch normalerweise gar nicht dein Typ.«

»Sagt wer?«

»Meine Intuition.«

»So so, ich habe aber ganz viele Fragen zu alldem. Und da du ja das Passende studierst ...«

»Ich stehe zu deiner Verfügung. Aber nur, weil ich so ein großes Herz habe – und weil heute Donauseelentag ist.«

***

Am nächsten Morgen in der Jugendherberge erzählte Basti von seinem Besuch im Marvelasa und wie grandios alles geklappt hätte. Leo bekräftigte, diesen Abend dort hingehen zu wollen. Karl zuckte mit den Schultern.

Bence sagte nichts, stand auf, ging ins Bad und zog danach wortlos seine Jacke an.

»Hey, Bence, erzähl uns nicht, dass du nicht zum Schuss gekommen bist, das wird dir keiner abkaufen«, rief Leo.

An der Tür drehte er sich um. »Wisst ihr, ich bin nicht nur zu einem Schuss gekommen, sondern zu mehreren. Ziemlich grauslichen. Ich weiß, was mit meinem Opa passiert ist und ich weiß, was ich jetzt zu tun habe. Macht, was ihr wollt, ich habe eine Verabredung auf dem jüdischen Friedhof.« Bence schaute in ziemlich verwirrte Gesichter.

Basti kam zur Tür. »Was ist passiert?«

Ohne eine Antwort zog Bence die Tür hinter sich zu.

***

Draußen nieselte es. Das Gesicht seines Uropas erschien in seinen Gedanken.

Bence dachte darüber nach, was für armselige Würstchen er und seine Freunde doch waren. Es ging immer nur um Spaß und darum, alles im Leben mitzunehmen. Dabei hatte er seine Wurzeln fast komplett vergessen und viel zu oft rücksichtslos gehandelt. Wo Rücksichtslosigkeit hinführen kann, hatte er gesehen. Ab jetzt würde er das Leben anders nutzen. So etwas wie damals durfte nie wieder passieren.

Bence hob den Kopf in den Regen und fühlte sich mit jedem Tropfen mehr geerdet.

Kurz vorm Friedhofseingang vibrierte sein Smartphone. Nikolett schickte ihm ein Foto vom Ehrengrab des Urmachermeisters Irban aus Budapest. »Erzähle dir gerne mehr, wenn du bereit dazu bist.«

Bence lächelte – zum ersten Mal wieder.

***

Dr. Ilkay Koparan

Daleona

Die kleine Sophie liebt es, sich wie eine Fee zu fühlen. Deshalb trägt sie zu jedem Anlass und zu jeder Tageszeit ihre Feenkleidung. Ihren Eltern gefällt es sehr, sie immer wieder mit neuen Feenkostümen zu verwöhnen und sie damit zum Strahlen zu bringen. Ihr zartes und empfindsames Wesen rührt ihre Eltern an. Nachdem sie Amazon leergekauft haben, lassen sie für ihre einzige Tochter Kleider aus edlen Stoffen und mit aufwendigen Stickereien nähen.

Liebevoll und behutsam geht Sophie mit den zarten Flügelchen um und mit der gleichen Sorgfalt bewahrt sie ihren Zauberstab in einer goldverzierten Schatulle auf. Ihr Gesicht schmückt sie mit Goldglitzer und funkelnden Sternchen. Und erst, wenn Sophie von Kopf bis Fuß einer Fee gleicht, fühlt sie sich vollkommen.

Doch im letzten Kindergartenjahr kommen ihre Eltern immer stärker in Erklärungsnöte. Sophie ist nun sechs Jahre alt und ihr Interesse an Feen ist statt kleiner immer größer geworden. Während die anderen Kinder schreiben und rechnen lernen, vertieft sie sich in ihre Feenbücher und träumt davon, eines Tages zaubern zu können.

Als Sophies Mutter von der Erzieherin ihrer Tochter erfahren will, ob ihre Tochter für den Schulanfang gut vorbereitet sei, erntet sie ein vernichtendes Urteil: »Diese Feensache können wir ihr seit Jahren nicht ausreden. In ihrem Kopf ist gar kein Platz für Zahlen und Buchstaben. Vielleicht gehen Sie mal mit ihr zum Kinderpsychologen.«

Und auch die Nachbarschaft, die das alles anfänglich süß fand, beäugt das Faible des kleinen Mädchens zunehmend skeptisch.

Insgeheim hoffen Sophies Eltern dennoch, dass die Liebe zur Verkleidung mit der Einschulung schon zwangsläufig aufhören wird.

An ihrem ersten Schultag steht Sophie in ihrem schönsten Feenkleidchen fertig zur Abfahrt. Stundenlang hat sie sich für diesen besonderen Tag vorbereitet. Das Kleid, das ihre Mutter ihr herausgelegt hat, hat sie ignoriert. Ihre Mutter stellt sich ihr in den Weg und zeigt auf das Kleid auf ihrem Arm. Sophie versteht die Welt nicht mehr. All die ganze Zeit durfte sie eine wunderschöne Fee sein und von einem Tag auf den andern geht das nicht mehr? Und das ausgerechnet an diesem Tag?

Sie verschränkt die Arme, stampft mit dem Fuß auf den Boden und schüttelt energisch den Kopf: »Nein, nein, nein! Ich will aber mein Feenkleid!«

»Du bist doch jetzt ein großes Schulmädchen und brauchst den Kinderkram nicht. Feen gibt es nur im Märchen und die haben an einer Schule nichts zu suchen. Wohin soll das nur führen?«, versucht ihre Mutter sie umzustimmen.

»An eine Schule, wohin keine Feen dürfen, will ich nicht. Da sind nur Feenfeinde. Die Lehrer haben keine Ahnung von Feen.«

»Wenn du heute nicht zur Schule gehst, werde ich deinem Vater sagen, er soll all deinen Feenkram wegschmeißen«, droht schließlich ihre Mutter. Sophie verharrt an ihrem Platz und bleibt stur. Plötzlich packt ihre Mutter sie auf ihre Schulter, dann in ihr Auto und fährt los.

Am Abend, als ihr Vater von der Arbeit müde zurückkehrt, poltert sie drauf los: »Deine tolle Feen-Tochter hätte beinahe am ersten Tag schon blaugemacht, stell dir vor. Was soll nur aus ihr werden?«

»Aber Mama«, verteidigt sich Sophie. »Ich muss doch nichts werden, ich bin eine Fee! Ich gehöre nicht an eine Schule, wo keine Feen sind!«

Bei diesen Worten schnappt die Mutter fassungslos nach Luft. »Mike, du hast ihre Feenfantasien all die Jahre mit deinen Geschenken befeuert. Jetzt kannst du sie gerne morgen selber zur Schule bringen oder besser, du flatterst mit ihr hin!«

Die verbalen Pfeile treffen mitten ins weiche Herz ihres Mannes. Langsam steht er auf und steuert das Zimmer seiner Tochter an. Bedächtig sammelt er die Kleiderteile auf und legt sie zusammen. »Die gehen jetzt in den Keller. Und wenn du ganz normal zur Schule gehst, bekommst du sie wieder zurück. Aber die Schatulle darfst du behalten.« Sophie wird traurig und bemerkt, dass auch ihr Vater bei diesen Worten traurig ist.

In dieser Nacht kann Sophie in ihrem Bettchen nicht einschlafen. Sie fragt sich, warum ihre Eltern so böse zu ihr sind. Warum glauben sie ihr nicht, dass sie wirklich eine Fee ist?

Am nächsten Schultag darf sie zumindest etwas Glitzer im Gesicht haben. Ohne viele Worte tupft es ihre Mutter mit ihren Fingern auf ihr müdes Gesicht.

»Auch wenn ich heute nicht wie eine Fee aussehe, ich bin es trotzdem, Mama«, sagt sie leise.

Auch in der Schule stößt sie auf Unverständnis oder Gelächter mit dieser Meinung. »Dann zauber doch etwas oder flieg weg«, ärgern ihre Mitschüler sie.

Schnell findet Sophie die Unterrichtsfächer und ihre Mitschüler langweilig. Weder bringen die Lehrer bei, wie man zaubern kann, noch befinden sich andere Feen unter den Schülern. Niemand teilt ihre Leidenschaft für das Magische. Sie fühlt sich unverstanden. Tief in ihrem Inneren weiß sie jedoch, dass sie Zauberkräfte hat. Doch sie redet immer weniger darüber.

Irgendwann mit 14 Jahren beginnt sie dann aber doch, daran zu zweifeln, eine Fee zu sein.

Dann einmal vertraut sie sich ihrem Schwarm an. »Ich fühle mich so falsch in meinem Körper. Ohne meine Feenflügel und meinen Zauberstab fühle ich mich so unvollkommen.« Ihre ganze Hoffnung auf eine liebevolle Antwort zerschmettert, als er sagt: »Das ist echt abgefahren, was du da sagst. Hast du das schon mal einem Psychologen erzählt?«

Ab diesem Zeitpunkt will sie nicht mehr das sonderbare Mädchen an der Schule sein. Ihr Alltag wird dadurch zwar einfacher, aber auch farbloser. Das Leuchten in ihren Augen und ihre Lebendigkeit verschwinden.

Mit 18 Jahren entschließt sie sich, nach anderen Feen zu suchen und danach, wie sie ihre magischen Kräfte entfachen kann.

Mit 21 Jahren träumt sie von einer Feenakademie, die verborgen unter den Wellen eines Meeres liegt. In ihren Träumen bewirbt sie sich dort und wird tatsächlich angenommen. Sie bewährt sich im ersten Gespräch durch ihre Begeisterung und ihren Elan. Doch ihre Enttäuschung ist groß, als sie von ihrer Lehrerin mit den Worten »Na, wen haben wir denn da? Was hast du bis jetzt gezaubert, dass du glaubst, dass du hierher gehörst?«, begrüßt wird. »Du siehst ja nicht einmal wie eine Fee aus! Wo sind deine Flügel?«

Fortan sitzt die Lehrerin ihr im Nacken. Im Zauber-Unterricht schafft sie es unter den strengen Augen ihrer Lehrerin nicht, einen Samen zum Wachsen zu bringen und auch die nächste Übung, einen kleinen Stein fliegen zu lassen, kriegt sie nicht hin.

»Haha, ich wusste es sofort, als ich dich sah, dass du kein Talent zum Zaubern hast. Du bist gar keine Fee, du bist eine Hochstaplerin!«

Ihre Klassenkameradinnen weichen ihr immer mehr aus, bis auch die letzte daran glaubt, dass sie eine Lügnerin ist. Gleichgültig, wie sehr sie sich auch anstrengt, nichts gelingt ihr, als wäre ein böser Zauber zugegen. Leise Zweifel kommen ihr, ob vielleicht ihre Eltern und ihre Freunde recht haben. Aber warum spürt sie dennoch diesen Drang in sich, fragt sie sich. Es dauert nicht mehr lang und sie wird aus der Feenakademie rausgeschmissen.

Dennoch gibt sie ihren Traum von einer Ausbildung zur Fee nicht auf und so träumt sie dieses Mal von einer Feenakademie, die in den Wolken versteckt liegt. Auch dort bewirbt sie sich und wird schnell angenommen. Jede Nacht besucht sie diese Akademie in ihren Träumen.

Eines Tages erzählt sie einer Klassenkameradin, mit der sie ein Zimmer teilt, von den Ereignissen in ihrer alten Feenschule. Unverzüglich tratscht diese Kameradin bei den Lehrerinnen und Schülerinnen weiter. Als Sophie wieder in die Situation kommt, ihre Zauberkünste vor der Klasse zu zeigen, wird sie so unsicher, dass sie errötet und zu schwitzen beginnt. Alle lachen über sie.

»Ja, es stimmt, sie kann es nicht, sie ist gar keine Fee!«, hört sie eine Stimme sagen. Sophie erstarrt, das Mädchen aus ihrem Zimmer grinst sie an. Sophies Hoffnung auf eine zweite Chance verblasst. Es dauert nicht lange und dieses Mal verlässt sie diesen Ort aus freien Stücken.

Niedergeschlagen wie sie ist, nimmt sie einen Job als Verkäuferin in einem auf Feen spezialisierten Kostümgeschäft an. *Nur solange, bis ich wieder vollen Mutes einen neuen Anlauf starte*, denkt sie sich. Doch zwei Monate später lernt sie einen Mann kennen, der sie liebevoll »meine kleine Fee« nennt. Nach der Probezeit bietet man ihr eine Führungsposition an. Sie fühlt sich sehr geschmeichelt – nach den Demütigungen in den Akademien – und nimmt sofort an. Und ehe sie sich versieht, vergehen zwölf lange Jahre. Sie schafft es sehr gut, das Selbstbewusstsein ihrer Kundinnen mit den richtigen Worten aufzubauen und ihnen das Gefühl zu geben, feenhaft schön zu sein. Sie selber hat sich aber an ihre pflegeleichten Hosenanzüge gewöhnt.

Eines Tages kommt eine sehr zarte Frau namens Mira in ihr Geschäft. Als Sophie ihr ein Kleid in die Umkleide reicht, sieht sie Flügelstummel an ihrem Rücken und erschrickt. »Sag, bist du etwa eine Fee? Und ... was ist mit deinen Flügeln passiert? Du kannst dir gar nicht vorstellen, wie lange ich schon auf diesen Augenblick gewartet habe, endlich einer Fee zu begegnen!«

Sie sieht, wie Mira den Kopf senkt und ihr Tränen über ihre rosa Wangen kullern. »Ich, ich bin keine Fee mehr. Ich habe meine Flügel verloren. Ich war eine sehr neugierige Fee. Ein einziges Mal nur habe ich meine Tarnung bei einem Menschen aufgegeben und dieser hat mich mit Feuer beworfen. Er hatte Angst vor mir. Seitdem muss ich nun in zwei Welten leben, einerseits in der Feenwelt und andererseits in der Menschenwelt.«

»Oh, das tut mir so leid. Solange du zaubern kannst, bist du aber eine Fee«, versichert ihr Sophie. »Auch ohne Flügel. Ich kann überhaupt nicht zaubern.« Da beginnt sie, ihre Geschichte zu erzählen, das erste Mal in ihrem Leben ohne Bedenken. Geduldig hört ihr die Fee zu und antwortet ihr dann: »Du hattest nie die Gelegenheit, an dich zu glauben. Kein Mensch hat an dich geglaubt. Du musst deshalb selber anfangen, an dich zu glauben.«

»Ja, aber auch Feen haben an mich nicht geglaubt. Wie soll ich an mich glauben, wenn niemand das tut?«, fragt Sophie verzweifelt.

Die beiden freunden sich schnell an und Mira ermutigt sie, mit ihr Kleinigkeiten zu zaubern. Und so treffen sie sich zum gemeinsamen Zaubern in einem abgelegenen Waldstück. Doch Sophie spürt bei jedem Versuch eine riesige Angst und Widerwillen in sich. Tränen fließen ihr über's Gesicht. »Ich kann es nicht! Ich bin keine Fee. Die anderen hatten alle recht!«

»Die schrecklichen Erfahrungen in der Vergangenheit haben dir deinen Glauben an dich geraubt. Du brauchst wieder ein Funken Hoffnung. Wir werden das schaffen!«

Sie treffen sich ein weiteres Mal, aber wieder scheitert Sophie und läuft dann weinend weg.

Wochenlang hört Mira nichts mehr von ihr. Sie befürchtet, dass sie nun endgültig aufgegeben hat. Sie sucht sie auf, um sie wachzurütteln. Sophie öffnet ihr die Tür und freut sich sogar über das Wiedersehen.

»Bitte lauf nicht mehr weg. Du glaubst, dass du gescheitert bist. Und das schon vor langer Zeit. Du bist voller Angst und Scham und dein ganzes Leben läufst du vor diesen Gefühlen weg. Stell dich endlich deinen Ängsten!«, redet sie auf Sophie ein.

»Ach, Mira, es ist zu spät, welche Feenakademie sollte mich nun aufnehmen? Ich habe keine Chance mehr. Ich sollte diese Wahrheit anerkennen und damit abschließen.«

»Ich habe keine Feenausbildung, denn ich habe alles von meiner Mutter gelernt. Bewirb dich und du wirst sehen.«

»Okay, das werde ich. Weil du es bist. Aber du wirst sehen, dass ich recht habe. Danach möchte ich nichts mehr darüber hören. Abgemacht?«

»Okay, okay« willigt Mira ein, aber insgeheim glaubt sie an einen erfolgreichen Durchbruch.

Sophie nimmt die Abmachung ernst und bewirbt sich bei fünf weiteren Akademien für Feen in ihren Träumen. Dennoch erhält sie eine Absage nach der anderen. Als sie dann die fünfte Absage erhält, stirbt der letzte Funken Hoffnung in ihr. Sie will sich mit

Mira treffen, um von ihrem erneuten Scheitern zu berichten, und ja, dass sie recht behalten hat.

Auf dem Weg zu ihrem üblichen Treffpunkt beginnt es zu regnen und Sophie ist durchnässt, als sie Mira unter einem dicken Baum stehen sieht. Sie rettet sich zu ihr unter das schützende Geäst. Doch als sie ihre Freundin erreicht, bebt der Boden und ein grelles Licht blendet sie. Der Baum wird von einem Blitz getroffen und ein brennender Ast stürzt rasend schnell auf ihre Köpfe zu. Instinktiv streckt Sophie ihre Arme nach oben und der Ast verharrt in der Luft. Er schwebt direkt über den beiden.

Ungläubig schaut sich Sophie ihre Hände an. »War ich das?«

Mira klatscht in die Hände. »Sieh doch nur, du kannst zaubern! Du kannst es! Du bist eine Fee und du warst immer eine Fee! Du wusstest das doch schon immer!«

Sophie sinkt auf die Erde, voller Erleichterung, Rührung, aber auch Traurigkeit. Sie versteht auf einmal, dass sie die falschen Lehrerinnen und Menschen um sich hatte. Sie hatten ihr den Glauben an sich genommen und somit auch ihre Gabe, zaubern zu können. »Aber warum nur?«, stammelt sie, »warum nur der ganze sinnlose Schmerz all die Jahre?«

»Alles hat seinen Sinn, Sophie. Der Schmerz hat dich reifen lassen und der Kampf hat dich stark gemacht. Und du kennst nun das Gefühl, nach einem sehr langen Kampf gesiegt zu haben.«

Genau in diesem Moment spürt Sophie, dass etwas mit ihrem Körper passiert. Sie bemerkt mit Entzücken, wie ihr prächtige Flügel wachsen. Sie staunt und fühlt sich zum ersten Mal nach langer Zeit wieder als eine wunderschöne Fee. Als sie um sich blickt, sieht sie sich auf einmal von anderen Feen umringt.

Eine Fee mit blauen, leuchtenden Flügeln kommt auf sie zu und begrüßt sie. »Wir haben so lange auf dich gewartet. Aber du warst lange Zeit nicht bereit für uns. Dein Feenname ist Daleona. Wir möchten heute mit dir feiern.«

Bei diesen Worten hebt Sophie ab und fühlt sich dabei so unbeschwert und kraftvoll zugleich. Sie tanzt die ganze Nacht in den Lüften, berauscht und beseelt von dem Wissen, eine Fee zu sein.

Laszlo Hartmann

Unter den Wellen

»Wir Menschen fußen auf unserer tierischen Natur, wir werden nie göttergleich werden können. Die Erde ist ein kleiner Planet, eignet sich nicht zum ‚Himmel'.«
Aus: Sigmund Freud, Briefe

Es rumorte nicht einfach. Es donnerte nicht nur, wie die sicher millionenfach in diesem verfluchten Krieg gehörten Trommelfelle zerfetzenden Gewehrsalven. Leben detonierte. Das Menschsein. Das Ich. Das Wir. Alles zerbarst. Sogar die Liebe zu dir, wenn auch nur für einen Moment, das schwöre ich. Der Himmel schwoll und zersprang. Wellen explodierten. Heul Hitler. Heul.

Das Schiff verneigte sich vor Tod oder Teufel. Schwer, passende Worte zu finden. Alle bagatellisieren sie das Inferno.

Mechanisch griff ich den Mantel, in dessen Saum du 1.000 Reichsmark eingenäht hattest. Griff die Schwimmweste, von denen es viel zu wenige für all die Menschen gab. Verzweifelte Schreie hallten durch die Flure, aus den Kabinen. In den Gängen lagen Totgetrampelte. Die Lebenden – ja auch ich, also warum nicht wir sagen? – wir schoben uns über sie hinweg. Dabei wusste ich nicht einmal, ob ich leben wollte oder lieber sterben. Jemand entriss mir Mantel und Schwimmweste. Einen der guten Winterschuhe hatte ich auch verloren, weil sich jemand daran festgeklammert hatte.

Aus den Lautsprechern ertönten ihre Lügen: die Wilhelm Gustloff manövrierunfähig. Aber stabil! Bald würden uns andere Schiffe aufnehmen.

Verdammte Nazis, verdammte Lügner.

Hinter der Trommel her trotten die Kälber. Das Fell für die Trommel liefern sie selber.

Sieg Heul. Krieg Heul.

Zuerst Frauen und Kinder in die Rettungsboote. Ein SS-Offizier, der sich mit einem geblümten Kopftuch als Weib ausgab, drängte in ein Rettungsboot. Das Ärmelband verriet ihn. Enttarnt. Erschossen. Das kleine bisschen Restanstand im Angesicht des Todes, verloren.

Ich fror erbärmlich, weil ich nur noch Turnhosen und den kratzigen Pullover trug, allesamt Kriegsware. Mein großer Zeh bohrte sich durch die Wollsocke. Ich sah dich vor mir, du schütteltest missbilligend den Kopf beim Stopfen, aber deine Augen lächelten. Das gab mir Kraft. Ich wollte umkehren, meinen Schuh suchen, meine Schuld schmälern. Ich hätte nicht vorgehen dürfen, Hilde, ich hätte dich beschützen müssen. Einmal nur dir würdig sein müssen. Ein Mann und keine Memme.

Vor mir an der Reling klammerte sich ein zierliches Mädchen an das vereiste Geländer. Ich wollte sie retten. Im Fallen öffnete sich der viel zu große, viel zu weite Militärmantel, den sie trug. Wie ein Fallschirm. Kleiner und kleiner wurde sie. Ich wollte ihr folgen. Nicht schreien. Mich in die dunklen Wassermassen stürzen, in Wellenberge und -täler hinab, der Erlösung entgegen.

Du hättest das Richtige getan. Du warst mental stärker als zehn meiner Art. Auch wenn du von meinem letzten Versagen nie erfahren würdest, weil wir uns niemals wiedersehen würden.

Nur der Schornstein ragte noch aus der See und erinnerte an den Arm eines Linientreuen. Plötzlich sprangen alle Lichter an. Das Schiff erstrahlte. Gespenstisch gleißendes Licht blendete mein gesundes Auge. Licht des Todes. Der Todesschrei der Sirenen verstummte, als der Schornstein in die Fluten tauchte.

Ich fiel.

Unten war es friedhofsruhig. Im Auge des Todes ist Stille, auch die Zeit steht still, dachte ich. Und wenn ich noch denke, bin ich dann noch? Nur langsam gewöhnte sich mein Auge an das Dunkel. Die Hölle existierte nur in einem selber. »Die Religion war wie ein Seufzer der bedrängten Kreatur«, hatte Marx das gesagt oder war es Hegel gewesen? Wen kümmerte es noch, wenn ich falsch zitierte? Wen außer mir? War das der Tod? Nein, ich lebte und würde es hinaufschaffen. Die Ostsee war an dieser Stelle flach, nur etwas über 40 Meter trennten Abgrund von Himmel. Das konnte selbst ein lausiger Schwimmer wie ich bewältigen.

Wieder und wieder versuchte ich aufzutauchen. Wie Phönix aus der Asche oder Neptun aus seinem Wasserreich. Nach etlichen Versuchen gab ich entkräftet auf. Sobald ich versuchte emporzuschwimmen, hingen bleischwere Gewichte an meinen Beinen. Ich kämpfte mich ein paar Meter hoch und stieß mir den Kopf an etwas Unsichtbarem. Als wäre über mir eine riesige Glasscheibe. Gefangen auf dem Meeresgrund, jetzt und vielleicht in alle Ewigkeit verdammt. Verdammt!

Und weil der Prolet ein Prolet ist, drum kann er sich nur selbst befreien.

Hatte ich oben sozialistische Lieder gesummt – leise zuerst, weil sie deine Nerven strapazierten, später, weil es gefährlich war – hatte mich das immer aufgemuntert. Hier unten kam mir mein Kampf Vernunft gegen melancholisches Gemüt sinnlos vor. Die Frage, ob Schwermut vererbt oder anerzogen war, die mich oben lange beschäftigt hatte, war hier unten egal. Kein Endsieg der Vernunft in Sicht.

Auf meinen ersten Erkundungstouren durch das Wrack hoffte ich noch, andere Überlebende zu finden. Ich schwamm durch das, was von der Gustloff übriggeblieben war. Algen umarmten bereits den Schornstein, nur noch wenige Buchstaben des Namenszuges waren lesbar. Umgarnt und vernichtet, wie alles in diesem elenden Krieg.

Ich fand nur Leichenteile. Und Trümmer. Als ich an den Überresten der Bordküche vorbeikam, bedauerte ich meinen Hochmut. Hätte ich gewusst, dass die versalzene Plörre meine letzte Mahlzeit sein würde, hätte ich sie gegessen. Wie es sich gehörte für die Henkersmahlzeit. Ich Dummkopf aber gab meine Suppe dem schwarzen Pudel, der an Bord plötzlich neben mir gehockt hatte und immerzu winselte. Weil ich nur deine Erbsensuppe mochte, die du selbst im letzten Kriegswinter noch für uns zaubertest.

Und weil der Mensch ein Mensch ist, drum braucht er was zu fressen, bitte sehr. Es macht ihn ein Geschwätz nicht satt, das schafft kein Fressen her.

Der Boden der ehemaligen Schiffsbar war mit einem Teppich aus braunen, grünen und perlmuttschimmernden Glasscherben bedeckt. Einige Flaschen mit Hochprozentigem waren seltsamerweise heilgeblieben. Obwohl ich grässlichen Durst hatte, beherrschte ich mich. Vielleicht würde ich Rum und Gin noch brauchen.

Ich beschloss, Ordnung zu schaffen. Ordnung war, als schmetterte ich sozialistische Lieder gegen Angst und Einsamkeit, und summte sie nicht nur.

Drum links, zwo, drei, drum links, zwo, drei, wo dein Platz, Genosse, ist.

In den Ruinen der Offizierskabinen stapelte ich das Gepäck. 390 Rucksäcke, 179 Koffer und 85 Handtaschen. In einer fand ich einen Spiegel und erschrak. Mein Gesicht war nicht mehr mein Gesicht. Es war von Fischschuppen überzogen. Mein Bart, den ich oben immer sorgfältig gestutzt hatte – weil er dich sonst kitzelte – war voller Seegras, Krill, Plankton. Schlimm. Schlimmer war, dass in meiner rechten Augenhöhle eine Qualle steckte, aus der Familie der gewöhnlichen Ostseequalle, Aurelia aurita. Dort wo einmal das täuschend echte Glasauge gewesen war. Doch das war noch nicht das Schlimmste. Nichts im Blick dieses irren Einäugigen deutete noch auf den Mann hin, der ich einmal gewesen war. Kein starker Mann vielleicht, aber ein guter. Einer, der an etwas glaubte. Einer, den du geliebt hattest. Du fehltest mir. Sehr!

Und weil der Mensch ein Mensch ist, lebt er von Brot nicht allein.

Ich sang es den Algen vor, den Quallen, den Trümmern, während ich aufräumte. Manchmal glaubte ich, dich in dem Wrack zu erblicken, deine kastanienbraunen Locken, die nach Heimat, Zimt und Königsberger Klopsen dufteten. Deine moosgrünen Augen, mit denen du lieben, aber auch töten konntest – nur mich nicht, nicht einmal, wenn ich zu schwach war, dir beizustehen. Manchmal hörte ich dein riesengroßes Lachen. Hörte, wie du zärtlich mit mir schimpftest, wenn ich dich neckte und das Glasauge herausnahm und es warf. Immer zärtlich, auch wenn ich einen dieser Tage hatte, an denen meine Haut pergamenten war. Wenn ich mich hinter den Tinkturen versteckte, hinten in der Apotheke. Weil ich nicht stark genug war für diese Barbaren, nicht so wie du.

Nein hätte ich sagen müssen, nein, und nochmals nein, als du versprachst, du kämst hinterher. Niemals hätte ich vorgehen dürfen.

Die Welt oben rutschte mir weg. Du rutschtest mir weg. Das konnte ich nicht zulassen. Darüber, ob es noch lohnte, auf Rettung zu hoffen, wieder oben zu leben, mit dir, oder ob es nicht besser wäre, mich abzufinden, weil es am Ende doch aussichtslos war, dachte ich nur noch selten nach.

Ich musste es tun, bevor ich dich vergaß. Also begann ich. So wie ich es früher in der Apotheke getan hatte, wenn ich Tinkturen aus pflanzlichen und chemischen Substanzen herstellte. Zuerst einmal sortierte ich das vorhandene Menschenmaterial. Wählte nur das Beste, weil alles von den Zutaten abhing. Säuberlich trennte ich unversehrt gebliebene Augen von geplatzten. 58 hell- und 16 dunkelbraune Augen, acht grüne, 37 hellblaue und 25 arisch-blaue waren es. Selten waren zwei von exakt der gleichen Farbe und keines war so schön wie deine.

Die 94 Ohren, die ich aus den Trümmern geborgen hatte, lagerte ich in einer Toilettenschüssel in einem Raum, der zur Offizierswache gehört hatte. Es waren abstehende, alterserschlaffte, fleischige, knorpelige und zierliche Ohren. An die Form deiner Ohrläppchen erinnerte ich mich nicht. Ich wusste nur noch, dass sie die Farbe von Marzipan gehabt hatten und süß schmeckten, wenn ich sie küsste. Ich nahm jedes Ohr prüfend in die Hand. Ich musste Kompromisse machen. Alles war besser als diese unerträgliche Einsamkeit. Dachte ich.

Im untersten Deck des Wracks fand ich das meiste Material, hier waren die Marinehelferinnen gestorben. Im Schlaf überrascht, nur mit Nachthemd oder Jäckchen bekleidet. Eingesperrt. Ertrunken. Ertrinken soll ein schöner Tod sein, sagte man. Aber wer wollte das schon wissen? Nicht mal die Toten wussten, ob ihr Tod schöner war als ein anderer.

Die, die es bis oben geschafft hatten, oder beinahe – zertrampelt auf den Gängen, zerquetscht in den wie Kartenhäusern zusammengefallenen Treppenaufgängen – eigneten sich natürlich nicht. Lange suchte ich nach einer passenden Nase. Keine, die ich fand, war wie dein Kartöffelchen. Sommersprossig. Wie gemacht für Küsse. Die Nasen waren krumm, manche bogen sich himmelwärts, manche Richtung Meeresboden. Im Krankenrevier nahe dem Oberdeck, das sie zur Entbindungsstation umfunktioniert hatten, fand ich endlich eine Nase, die halbwegs passte. Auch die 60 Unter- und Oberlippen, die ich geborgen hatte, waren allesamt zu schmal, zu verkniffen, zu bitter. Keine konnten lächeln wie deine. Lippen erzählten so viel über ein Leben. Deines wäre ein glückliches, behauptetest du, weil wir uns hatten, auch wenn ich manchmal ein Dämlack war. Du grinstest frech und küsstest mich. Und ich verbarg so gut wie möglich, dass ich deine Küsse an den pergamentenen Tagen kaum ertrug. Den Tagen, wenn die leere Augenhöhle brannte. Wenn die vom Ersten Weltkrieg verwundete Seele blutete. Und ich keine Haut hatte.

Links, links, links.

Vom Lippenlager schwamm ich zurück zu den 84 Brüsten. Auch wenn ich schon wusste, dass sie nur mit viel Wohlwollen deinem Busen ähneln würden, den ich begehrte, selbst an den pergamentenen Tagen, wenn ich jede Berührung mied. Auch als sie sich nicht länger übermütig gen Himmel streckten, sondern es sich auf deinem Bauch gemütlich gemacht hatten. Auch hier zwei Kompromisse.

Als ich alles beisammenhatte, begann ich mit dem Gesicht. Ich trennte Oberlippe von Unterlippe, fügte Lippenrot an Amorbogen, entfernte hier Gewebe, dort einen Muskel. Arme und Beine an den Rumpf zu fügen, war einfach. Komplizierter war der Einbau von Herz und Lunge. Magen und Darm ließ ich weg. Denn essen musstest du hier unten so wenig wie ich. Rum und Whiskey aus den geretteten Flaschen, 200 Milliliter von meinem Blut, 100 von meinem Speichel, versetzt mit Algensaft, ergaben die Zutaten für dein Blut.

Versuch Nummer eins scheiterte kläglich. Selbst mit deiner Fantasie begabt, konnte man das nicht Lebewesen nennen, geschweige denn Frau. Zwei entsetzliche Klumpen Menschenfleisch waren es, die du mir zu Recht um die Ohren gehauen hättest.

Auge, Auge, Nase, Mund, wie Punkt, Punkt, Komma, Strich zur hässlichen Grimasse missraten, die rein gar nichts mit deinen schönen Gesichtszügen gemein hatte. Schlimmer aber als der Fratzenklumpen war das, was dein Rumpf sein sollte: Vagina und Brüste darauf gaben dem Torso etwas beschämend Obszönes. Ob meine schuppige Haut errötete, wusste ich nicht. Innerlich jedoch brannte mein Versagen feuerrot. Ich kämpfte – so sehr ich es mir auch anders wünschte – gegen mein absurdes Verlangen, die Klumpen dennoch an mein Herz zu pressen. Und um ehrlich zu sein, obwohl ich mich dafür verachtete – auch an die südlicheren Gefilde. Ich kämpfte noch, als das Ding sich meiner erbarmte. Es zerfiel. Ein Schwarm Medusen stieg ungebremst auf gen Himmel. Wurde ich verrückt? Lebten Medusen zu dieser Jahreszeit in diesen Tiefen? Ich erinnerte mich nicht.

Fast so sehr wie nach dir, sehnte ich mich nach der Gesellschaft meiner Bücher, die ich in der Apotheke zurückgelassen hatte. War noch Winter? Schrieben wir noch das Jahr 1945? Das Gefühl für Zeit hatte ich hier unten noch vor dem Hunger oder dem Durst verloren. Das machte den Menschen doch zum Menschen, heute, gestern, morgen zu denken. Ich versuchte, es den Medusen gleich zu tun, und stieß mir heftig den Kopf an der unsichtbaren Wand.

Nach diesem Desaster die Flinte ins Korn oder treffender die Harpune in den Meeresboden zu werfen, kam nicht infrage. Ich vermisste dich mehr noch als vor meinem Scheitern.

Die Zweite, sie war dir schon ähnlicher. Anatomisch war sie geglückt. Die Brüste da, wo sie sein sollten. Sie hatte Arme und Beine, die mich umschlingen, halten und trösten sollten. Das Gesicht war hübsch, wenn es auch nicht deines war. Verzeih, dass ich glaubte, sie dennoch lieben zu können. Ich küsste sie auf die bläulich verfärbten Lippen, legte mein Ohr an ihre eiskalte Brust, in die ich doch ein starkes Herz gepflanzt hatte. Nichts. Ich hörte nichts schlagen. Sie atmete nicht. Ich flößte ihr Leben und Liebe ein, doch sie lebte nicht. Traurig begrub ich sie, wie du es getan hattest mit den Engelchen. Sogar mit denen des braunen Abschaums. Unter der Linde in unserem Garten.

»Wir können uns keine Gesinnung leisten in diesen Zeiten. Der Tod schwenkt keine Fahne«, sagtest du. Du bliebst unerbittlich, selbst wenn ich dich küsste, wie du es liebtest. Selbst wenn ich sagte, dass es zu gefährlich war.

»Gott alleine weiß, wobei uns das noch hilft«, sagtest du. Einen Passierschein für die Gustloff schenkten sie dir, einen einzigen

Freifahrschein in ein neues Leben. Den ich hätte zerreißen sollen. Niemals hätte ich vorgehen dürfen, niemals.

Haltet die roten Reihen geschlossen, denn dann ist der Tag nicht mehr weit.

Als sie fertig wurde, schien weit oben über mir wohl die Sonne, denn fahles Licht drang durch die Wassermassen auf den Meeresboden und beleuchtete ihre ersten Atemzüge. Oben in deiner Welt war es ein lichtdurchfluteter Morgen. Ich redete mir ein, es wäre dein Geburtstag, der dritte April. Auch wenn das hieße, dass ich schon mehr als zwei Monate hier unten alleine war.

»Ich taufe dich Hilde-zwo«, ich hatte eine Träne der Rührung im gesunden Auge, »und wenn ich dich nur ein Mikro-Millionstel so lieben kann wie das Original, ist es immer noch eine riesengroße Liebe.« Besitzerstolz erfüllte mich. Wenn man von Kleinigkeiten absah, wie deinen süßen Grübchen, die ich einfach nicht gefunden hatte, und den Augenbrauen, die bei ihr einen Tick zu nahe zusammenwuchsen, war sie gut gelungen. Ich verliebte mich auf den ersten Blick in sie, so wie damals in dich. Ich kniete vor Hilde-zwo nieder, versprach ihr, dass ich sie lieben wolle und ehren in diesen schlechten Zeiten. Nicht ganz so sehr, wie ich dich geliebt hatte und immer noch liebte. Das dachte ich aber nur. Es schien mir kein guter Anfang, es auszusprechen. Ich war glücklich. Da wusste ich noch nicht, wen ich erschaffen hatte!

»Bis dass der Tod uns scheidet«, sagte ich feierlich. Bis wir gerettet werden, dachte ich. Bis ich dich wiederhabe! Hilde-zwo streckte die rechte Hand gen Wasseroberfläche mir zum Gruße, obwohl ich doch vor ihr kniete.

»Heil mein Führer«, schepperte sie. Ihre Stimme war unerträglich. Kalt. Hart. Wie von einer Adolfine Hitler. Nicht wie deine moosweiche Stimme.

»Zum letzten Mal wird Sturmalarm geblasen! Zum Kampfe stehen wir alle schon bereit!« Entsetzlicher als die Tonlage war der Inhalt. Das war ihr »Ja, ich will«? Ich starrte sie an. Sprachlos. Enttäuscht. Entsetzt.

Vielleicht waren diese Parolen nur Kinderkrankheiten. Reparabel wie der fiese Sprung in einer Schellackplatte mit SS-Liedern, beruhigte ich mich. Ich musste sie nur gründlich lieben, mit Haut und Haaren mir zum Weibe nehmen.

Du warst niemals eine Linientreue gewesen. Auch kein Sozi wie ich. Eher unpolitisch. Hitler hattest du von Anfang an verabscheut.

»Kleine Männer bringen der Welt Unglück«, hattest du gesagt und schelmisch gelacht, wie nur du es konntest.

Bevor ich wusste, wie mir geschah, setzte sich Hilde-zwo auf meinen Schoß und rieb sich an mir. Ungeduldig öffnete sie meinen rostenden Reißverschluss und holte mein algenbewachsenes Sturmgewehr heraus. Strammgestanden, Kamerad.

»Die Straße frei. Den braunen Bataillonen. Die Straße frei. Dem Sturmabteilungsmann!«, brüllte sie. Hässliche SS-Parolen. Ich schämte mich meiner Nacktheit, schämte mich meiner Lust, wie ich mich oben im Licht niemals geschämt hatte. Doch ich konnte es nicht leugnen, ich begehrte dieses Nazi-Weib, das aussah wie du. Scham brannte wie Jod auf einer Wunde. Ich drang tiefer und tiefer ein in ihre Riffspalte. Stieß mich blutig an Korallen, Seesternen, wuchernden Muscheln, in ihr. Ein Tier war ich, kein Mensch mehr.

»Sie heben die Hände hoch, sie zeigen sie her, sie sind schon blutbefleckt und sind doch leer«, schmetterte ich kontra. Immerhin. Etwas Würde bewahren, etwas Widerstand leisten. Wenigstens in meinen Worten Mensch sein. Diese Parodie des Horst-Wessel-Liedes kannte Hilde-zwo nicht. Sie starrte mich an mit ihren leeren Augen, Augen, in denen keine Seele wohnte, geschweige denn Verstand.

Wir geben dem Feind einen kräftigen Tritt. Was wir spielen, ist Dynamit unterm Hintern der Bourgeoisie.

»Es schauen aufs Hakenkreuz voll Hoffnung Millionen. Der Tag für Freiheit und Brot bricht an«, schepperte sie. Was hatte ich nur getan? Ich verabscheute sie. Und mehr noch mich, ihren Schöpfer.

»Still, dummes Ding«, fuhr ich sie an. Wie ich dich, geliebte Hilde, niemals angefahren hatte.

Links, links, links, links! Die Trommeln werden gerührt.

Ich wollte es nicht, doch ich feuerte und flutete sie. Wohl, weil der Mann ein Mann ist. Sie gehörte nun zu mir, wir waren Mann und Weib.

Ich erzählte meinem Unten-Weib vom Untergang der Gustloff. »Sturm tobte übers vereiste Deck«, sagte ich, »ein Mann in SA-Uniform erschoss Frau und Tochter. Entsetzlich. Dann richtete er die Waffe gegen sich selbst. Hätte ich nur die Kraft gehabt, dazwischen zu gehen.« Hilde-zwo kannte kein Mitgefühl. Sie nahm mich nicht in die Arme. Sie tröstete mich nicht.

»Die Fahne hoch! SA marschiert. Mit festem Schritt«, schepperte sie. »Der deutsche Mann fürchtet nicht den Tod. Die deutsche Frau gehorcht ihrem Führer. Sie stirbt gerne, wenn er es für richtig hält.«

Nur ein einziges Mal sprach ich von dir. Schwärmte von deiner Wärme, deiner Großzügigkeit, deiner Liebe. Hilde-zwo unterbrach mich und schepperte mich an, sie dulde nicht, dass ich von einer rassisch minderwertigen Pomeranze wie von einer Heldin spräche. Und wie du meine Heldin warst, bist, bleibst, dachte ich.

Sie umschlang mich mit ihren algenumwucherten Beinen und ich war schwach. Dabei dachte ich an dich. Hörte dich seufzen. Wäre sie nur zerbrochen von meinen Stößen, zerborsten in die zusammengeklaubten Teile. Doch den Gefallen tat sie mir nicht. Im Gegenteil. Hörte ich ihrer Ansicht nach zu schnell auf, schepperte sie: »Der Furcht so fern, dem Sieg so nah, heil dir, SA.«

Ich hatte mich wie Gott aufgeführt. Sie war meine gerechte Strafe. Bei jedem Stoß schwor ich, sie zu zerstören, doch so willig mein Glied war, so schwach war der Rest. Ich zermarterte mir meinen Kopf, wie ich sie loswerden konnte, ohne noch mehr Schuld auf mich zu laden.

Und weil der Mensch ein Mensch ist, drum hat er Stiefel im Gesicht nicht gern.

Gerade hatte ich mich wieder einmal in ihr entladen, dort wo ich uns aus Matratzenresten und Algen ein Bett gebaut hatte. Dort, wo ich sie hatte lieben wollen, wie ich dich geliebt hatte. Da entdeckte ich ihn. Seine stahlblauen Augen schimmerten eisiger als die kälteste Nacht Ostpreußens. Er zwirbelte an seinem Hitlerbärtchen und salutierte stramm.

»Heil Hitler«, brüllte er, »Gauleiter Heribert Himmler, jawoll. Nicht verwandt mit Heinrich. Sieg Heil. Jawoll.«

Heul Hitler. Heul.

Mein Unten-Weib schmachtete ihn an. Hätte ich nicht gewusst, dass sie absolut unfähig war zu lieben, hätte ich geschworen, dass es genau das Gefühl war, das in ihren Augen aufblitzte.

»Das ist Hi ...«, ich verstummte. Kein Mensch hieß Hilde-zwo! Das hätte Himmler stutzig gemacht, obwohl er dumm wie Nazi zu sein schien. Hilde konnte ich sie nicht nennen, sie beschmutzte schon mit dem zwo dahinter deinen Namen. Ich überlegte krampfhaft: Hildegard, Hildburga, Hildeberta? »Hildegunde«, sagte ich, »aber alle nennen sie Gundi.«

Der Gauleiter salutierte und riss noch einmal den Arm zum Gruße und sie schepperte, dämlich lächelnd zurück: »Heil Sieg, Heil.«

Hätte Gauleiter Himmler gewusst, wer ihr Leben eingeflößt hatte – und es ihr doch auch wieder wegnehmen konnte, wenn ich nur gewusst hätte wie – hätte er auch nur geahnt, wer ihr eigentlicher Herr und Führer war, wäre sein krankes Hirn viel früher auf diese entsetzliche Idee gekommen. Das vierte Reich unter den Wellen zu errichten, seinem Führer zu Ehren. Eine entsetzliche Vorstellung.

Himmler lobte Gundis arische Schönheit in höchsten Tönen und sie hing gebannt an seinen Lippen, wenn er rassische Überlegenheit predigte. Sein Stammbaum war angeblich lupenrein bis ins Mittelalter, was das dumme Ding tatsächlich beeindruckte. Immer wieder bat sie mich, passende Ahnen für sie zu erfinden. Bettelte, flehte. Nicht, weil der Mensch ohne Geschichte kein Mensch war, so schlug ihr Herz nicht. Sie wollte Himmler beeindrucken mit Vorfahren, die ihrer unerschütterlichen Gesinnung würdig wären. Ich weigerte mich. Sie rettete sich in weitere Parolen, die ihr niemals ausgingen und ihn vorerst zufriedenstellten. Und falls er einmal zweifelte, öffnete die treulose Kreatur ihre Beine, und ließ ihn in ihr wüten. Wenn er nicht zweifelte, trieben sie es bald auch. Die beiden passten zueinander wie Blut zum Egel, wie Kloake zur Kanalisation, wie Erbrochenes in die Kloschüssel.

Mich ließ sie nur noch selten gewähren. Meine Libido quälte mich, die armselige Lust zerfraß mich. Anders als Hunger, Durst oder Müdigkeit, die lange verloren waren. Oben hatte ich Freud und seine Triebtheorie interessant gefunden. Sie galt für andere, nicht für mich. Ich war ein vernünftiges Wesen gewesen, kein vom Sexus gesteuertes unersättliches Tier. Hier unten gab es weder Vernunft noch Kontrolle. ES war stärker als ich und wurde immer stärker. Gundi zu begatten, hieß meine Schuld für einige jämmerliche Stöße zu vergessen.

Ich würde nicht wagen, dich um Vergebung zu bitten, sollten wir uns jemals wiedersehen, was gänzlich ausgeschlossen war. Vor keinem Jüngsten Gericht, sollte es wider Erwarten eines geben, würde ich um Gnade betteln. Gott war lange tot und ohne ihn gab es in mir kein Oben und kein Unten. Keinen Himmel, nur Hölle.

Rot Front, Rot Front.

Ich schmetterte nicht länger meine trostreichen Lieder, ich summte sie nur, wenn Himmler es mit Gundi trieb und mich nicht hören konnte.

Seine Geschichte erzählte er immer wieder. Untermalt von etlichen Jawolls, was es nicht erträglicher machte. Den Führer hatte sein U-Boot nach Schweden bringen sollen. Jawoll. Himmler hatte den Bombenangriff als Einziger überlebt. Jawoll. Er war dazu bestimmt, den Willen des Führers fortzuführen. Jawoll.

Er führte den Himmler Gruß ein: Wir sollten salutieren, beide Arme recken gen Wasseroberfläche und »Sieg Himmler Jawoll«, sagen. Gundi war begeistert. Ich hatte nicht vor, diesen Schwachsinn mitzumachen. Ich dachte wirklich, dass meine Strategie des Ignorierens – die oben funktioniert hatte – auch hier unten klappen würde. Da verstand ich noch nicht, was er vorhatte.

Und links, und links. Jawoll. Jawoll. Jawoll.

Himmlers Wahnvorstellungen wurden zum alles beherrschenden Prinzip unseres Lebens unter den Wellen. Weiter entfernt als je zuvor war ich davon, das Elend der Gegenwart durch Mut und Stärke zu überwinden. Dann plötzlich hatte er genug von Gundi. Sie taugte nicht zur Weitergabe seiner reinrassigen Gene. Das dumme Ding hatte sich wohl verplappert. Sie würde nur noch so lange am Leben bleiben, bis wir genügend Herrenmenschen gezüchtet hatten. Sicher hatte ich – unbeabsichtigt, das hielt er mir zugute – minderwertige Bauteile genommen. Von meiner Vernichtung sprach er nicht. Noch nicht. Sobald ich erfolgreich wäre, würde er mich eliminieren. Auch wenn er bislang meine sozialistische Gesinnung nicht einmal ahnte.

»Frau zurückgelassen?« Ich nickte kaum merklich. Was ging ihn meine Schuld an? Bildete er sich ein, dass ich ihm von dir erzählen würde? Von der Danziger Apothekergattin, die auch mal rassisch reine, jedoch unerwünschte Tüpfelchen auf dem Ü des ehelichen Glücks wegradiert hatte. Niemals! Ich schwieg.

»Pazifist!«, er spuckte das Wort, als wäre es giftig. Ich schwieg. Was sollte er tun? Mich foltern? Mir mit einer scharfen Muschel die algenumschlungenen Arme aufschlitzen? Nur zu. Körperlicher Schmerz minderte den seelischen. Mich einsperren? Wir waren schon Gefangene, auf dem Grund der Hölle. Die Erinnerung an dich konnte er mir nicht wegnehmen.

»Wollt ihr den totalen Krieg, jawoll.« Gegen wen er hier unten Krieg führen wollte, verriet er nicht. Ich hatte die dummen Parolen so satt und schwieg. Früher hatte es mich gestärkt, innerlich dagegen anzudenken, doch jetzt regierte in meinem Kopf meist Leere.

»Wozu du Einzelner da bist, frage dich«, seines Führers Lieblingsphilosoph fiel mir ein, »versuche es nur, den Sinn des Daseins dadurch zu rechtfertigen, dass du ein ‚Dazu' davorsetzt, ein hohes und edles ‚Dazu'. Gehe nur an dem ‚Dazu' zu Grunde.« Ich sagte es leise, mehr zu mir als zu ihm.

»Und ihr wollt die Ebbe dieser großen Flut sein und lieber noch zum Tiere zurückgehen, als den Menschen überwinden?«, zitierte ich etwas lauter, der Teufel ritt mich, aus Also sprach Zarathustra.

»Die Stärksten überleben, jawoll«, schrie Himmler, »um höherwertigere Menschen zu erschaffen, muss eine Rasse von vornherein von der Natur als Höchste gemacht sein. Eine Vermischung ist widernatürlich.«

Jawoll, jawoll, jawoll.

Ich konnte das Labor nicht zerstören, ich brachte es nicht übers Herz. Halbherzig vergrub ich Arme und Beine, auch wenn der Meeresboden hart wie Himmlers hochgepriesener Kruppstahl war und ich nur langsam vorankam. Von den Augen und Lippen konnte ich mich nicht trennen. Träumte ich etwa immer noch davon, eine dir würdige Frau zu erschaffen? Eine treue Geliebte. Eine herzliche Kameradin. Was war nur hier unten aus mir geworden? Menschlicher Abschaum war ich, keinen Deut besser als Himmler.

Als er die Leichenteillager entdeckte, sperrte er mich in meinem Labor ein. Sein Blut sollte ich verwenden. Kein pazifistisches Schweineblut wie meines. Ständig kontrollierte er alles. Prüfte, ob ich nicht doch eine jüdisch anmutende Nase oder ein arisch nicht einwandfreies Ohr nahm. Er überschätzte mich. Noch ahnte er nicht, wie lange ich an der Kreatur gearbeitet hatte. Dass Gundi mehr oder weniger ein Zufallstreffer gewesen war.

Nein, nein, nein, das tue ich nicht, dachte ich, während ich an der Formel des Lebens arbeitete. Ich will das nicht. Und ich werde das nicht tun, dachte ich sicher Millionen Mal. Ich wollte Schluss machen mit dem ausschließlich inneren Widerstand. Aufbegehren. Ein Mann sein. Einer, auf den du stolz wärst.

Und weil der Prolet ein Prolet ist, drum kann er sich nur selbst befreien.

Es rumorte nicht einfach. Es donnerte nicht nur, wie die sicher millionenfach in diesem verfluchten Krieg gehörten, Trommelfell zerfetzenden Gewehrsalven. Leben detonierte. Das Menschsein. Das Ich. Das Wir. Alles zerbarst. Die See spuckte Wasser, die Wellen explodierten.

»Nein, nein, nein«, hörte ich mich brüllen. Ich klammerte mich mit einer Hand an Holz, vielleicht war es eine Kabinentür. Mit der anderen presste ich einen schwarzen Pudel an mich, der zitterte und den vollen Mond anheulte. Neben uns schwamm ein Rettungsboot voller Leichen. Eine hatte Ähnlichkeit mit Reichsführer Himmler und eine sah aus wie du.

»Nein, nein, nein«, brüllte ich, »ich will das nicht. Ich tue das nicht.«

Slavica Klimkowsky

Sajana

Von ihrem Küchenfenster aus sieht sie ihn sofort. Der weiße Leopard steht im Hof, als würde er auf sie warten. Vor zwei Jahren hatte Sajana ihn das letzte Mal gesehen. Am gleichen Tag starb ihr Ehemann.

Der weiße Leopard steht an der gleichen Stelle wie damals. Sie schauen einander durch die Glasscheibe an, bis er sich umdreht und verschwindet.

Auf ihren Stock gestützt geht sie ins Wohnzimmer. Blasse, unruhige Schatten dringen durch die vergilbte Gardine ins Zimmer. Sie schiebt den Stoff zur Seite, öffnet das Fenster, hält Ausschau.

Es ist ein kalter Herbsttag, der Winter hat seinen Atem vorausgeschickt. Die Äste der Kastanienbäume biegen sich im Wind, sie hört das Geräusch einer fallenden Frucht. Noch einmal schaut sie nach beiden Seiten ihrer ruhigen Straße. Vergeblich. Den weißen Leoparden sieht sie nicht, aber den Nachbarn, einen jungen Vater, der mit seiner Frau und den beiden kleinen Jungen direkt über ihr wohnt, wie er die Wochenendeinkäufe ins Haus trägt. Er nickt ihr zu und lächelt.

Wenn sie sich im Treppenhaus begegnet sind, entschuldigte er sich jedes Mal für den Lärm, den seine Söhne beim Spielen machten. Und jedes Mal sagte Sajana zu ihm, dass Kinder spielen und herumtoben dürfen, ja sogar müssen und dass sie das nicht stört.

Sie schaut noch einmal auf die menschenleere Straße. Sie lässt das Fenster offen, geht zum Sofa und setzt sich hin. Vor ihr auf dem Tisch liegen eine Lupe und ein Bildband über das Land südlich der Atacamawüste, das Land, wo die Welt zu Ende ist, ihre alte Heimat. Das Buch ist groß und schwer und wirkt dabei so leicht, wenn der Wind die aufgeschlagenen Seiten bewegt. Ein Wechselspiel, wie ihr Leben – leicht wie der Flug eines Vogels und schwer, wenn aus dem Nichts die Dämonen der Vergangenheit auftauchen, sie überfallen, ihre Erinnerungen und ihre Träume in Besitz nehmen, wenn sich ein Ring um ihren Brustkorb spannt, immer enger, bis sie keine Luft bekommt, wenn ihr Herz rast, alles sich dreht und Übelkeit in ihr hochsteigt. Darauf folgt immer die wohltuende Dunkelheit.

Es war falsch zu glauben, sie könnte die Vergangenheit in der Vergangenheit lassen.

Sajana starrt auf die Buchseiten, die sich im leichten Luftzug bewegen, und denkt an die Zeit, als sie fliegen konnte.

Mühelos spannte sie ihre Flügel und erhob sich in die Lüfte. Mit einem Schwarm rotgefiederter Vögel flog sie über die Nebelwälder, die steinharten Yaretas, die Vulkane und die mit Schnee bedeckten Gipfel der Anden. Sie alle hatten ein gemeinsames Ziel: die Freiheit zu beschützen, die größte Kostbarkeit der Menschheit.

Fremde Vögel schlossen sich ihnen an. Eines Tages verschwand einer aus dem alten Schwarm. Sie hörten nie wieder etwas von ihm. Dann war auch ein zweiter nicht mehr da und danach verschwanden viele weitere. Erst nach einer Weile bemerkte Sajana den lauernden Blick, der von da an immer häufiger auf ihr lastete. Und dann war der Tag da, an dem man sie fing und in einen Käfig sperrte.

An den Augen erkannte Sajana die fremden Vögel, die einst mit ihr und ihrem Schwarm den Himmel durchstreiften. Sie hielten jetzt die Macht in ihren Krallen. Bald begriff sie, diesen Vögeln reicht es nicht, die Lebenden zu töten. Es durfte keine blumengeschmückten Gräber mit einem Namen im steinernen Gedächtnis der Nachwelt geben.

Sajana sah nur das Licht, hell wie eine Sonne. Es flog auf sie zu. Eine Gestalt formte sich aus dem Licht, ein weißer Leopard. Er schaute sie an. Seine Augen waren ein Tor, durch das sie ging.

»Mein Name ist Sajana«, sagte sie immer wieder zu sich selbst. »Ich bin ein Vogel, der das Licht trägt.« Sie durfte nicht schwach werden, nicht vor ihrer Zeit gehen.

In Wirklichkeit gab es bei diesen abscheulichen Dingen keine Finsternis. Oder doch? Ja, eine von Menschen erzeugte. Es gab auch keine Worte, die beschreiben könnten, was geschah. Unvorstellbar, welche Methoden es gab und wie normal die Peiniger aussahen, wie akribisch sie vorgingen, wenn sie Schlangen, Ratten und Mäuse als lebende Folterinstrumente benutzten.

Ein Schmerzensschrei bleibt für alle Zeiten in Sajanas Kehle eingeschlossen. In ihrer Erinnerung erscheint ihr diese Zeit so unwirklich wie der Traum von einem bösen Traum.

Ihre Nerven waren damals wie feinste Saiten fast zerrissen und ihre Gedanken dabei, sie zu verlassen, als ein Mann leise in ihr Leben trat. Durch seine Augen nahm ihre Vogelseele Kontakt mit dem Leben auf.

Ihre Vergangenheit ließ sie dort, wo sie hingehörte.

Mit ihm ging sie in sein Land, in seine Stadt. Sie kam nach Berlin. Eine Zeit fing an, in der nur sie beide zählten, und Sajana gewann das Gefühl zurück, dem Leben wieder gewachsen zu sein. Sie ging in die Schule. Die Namen von Vögeln, Bäumen und Blumen lernte sie bis zum kommenden Frühling in ihrer neuen Sprache und sie nahm einen Duft wahr, den sie nicht kannte. Flieder.

Sie wollte lernen und studieren. Das tat sie auch. Und in jedem Frühling seit einem halben Jahrhundert schenken ihr die Fliederbüsche der Stadt ihren Duft. Den schönsten Duft, den es gibt.

Sajana erhebt sich, geht langsam zum Fenster und will es schließen. Vögel flattern davor. Ein Vogel kommt ganz nah herangeflogen. Sein Flügelschlag hört sich wie raschelnde Seide an. Er lässt sich am Fenstersims nieder, sieht Sajana mit seinen nachtfarbenen Augen an. Sie will ihn mit keiner Bewegung erschrecken, steht reglos da und schaut den Vogel an, bis er wegfliegt.

Die alte Nachbarin von schräg gegenüber steht auch am offenen Fenster. Sie winkt Sajana zu, Sajana winkt zurück. Der Hund der Nachbarin beginnt zu bellen. Ein müdes, heiseres Kläffen, das das hohe Alter des Tieres verrät. An den Namen des Hundes kann sich Sajana nicht erinnern, an den der Nachbarin auch nicht. Ob sie noch mit dem Hund Gassi geht? Werden Hunde auch so altersschwach, dass sie die Wohnung nicht mehr verlassen können? Sie fragt sich, ob sich Hunde erinnern können, ob sie manchmal an vergangene Zeiten denken, vielleicht nur an die guten, und versuchen, die schlechten zu vergessen.

Viele Gedanken gehen Sajana durch den Kopf, während sie noch eine Weile am offenen Fenster steht. Wie wenig Freunde sie und ihr Mann hatten, aber die wenigen Freundschaften hielten ein Leben lang. Und alle ihre Freunde sind schon tot.

»Sie tun mir so leid. Es ist sicher ganz schrecklich für Sie, alt zu sein«, sagte die Nachbarin zu Sajana bei ihrem letzten gemeinsamen Spaziergang vor einem Jahr.

»Ist es denn für Sie nicht auch schrecklich?«

Die Nachbarin blieb stehen und schaute Sajana verwundert an.

»Sie sind doch auch alt«, sagte Sajana.

»Ja, aber ich bin in meinem Land und Sie in der Fremde«, entgegnete die Nachbarin. »Und ich habe einen Hund.«

Sajana sagte nichts. Schweigend setzten sie den Spaziergang fort. Sajana dachte an ihre beiden Töchter, mit denen sie kurze Städtereisen unternahm und jeden Samstag verbrachte.

Fremd fühlte sich Sajana nicht.

Der Herbstwind stößt kurze Seufzer aus, reißt die letzten vertrockneten Blätter von den Zweigen, spielt mit ihnen und wirbelt sie davon. Aus der Ferne dringt Straßenlärm an Sajanas Ohren: hupende Autos, quietschende Reifen, Bremsen und das Geheul eines Martinshorns.

Die Nachbarin schließt ihr Fenster.

Noch einmal schaut Sajana zu beiden Seiten die Straße hinunter. Der weiße Leopard ist nicht da. Eine junge Frau mit zwei kleinen Mädchen geht vorbei.

Auch Sajana ist so mit ihren beiden Töchtern durch die Straßen gelaufen, hat sie morgens in den Kindergarten gebracht und am Nachmittag wieder abgeholt. Sajana breitete ihre Flügel aus und flog mit ihnen in einem weiten Bogen zur Sonne und zum Mond und über Tapire, Schildkröten, Pumas und Jaguare, über Waldgeister und Wildschweinkobolde. Nach der sanften Landung faltete sie die Flügel leise zusammen und beobachtete den Schlaf ihrer Töchter. Als sie größer wurden, hielt sie weiter die Flügel über ihnen ausgebreitet. Sie glaubte, sie schützen zu müssen, und merkte spät, dass sie ihnen mit so viel Schutz die Sonne verdüsterte. Ihr Mann versicherte ihr immer wieder, die Mädchen seien doch in Sicherheit. Aber sie konnte nicht anders.

Sajana spürt die Kälte, schließt das Fenster und setzt sich wieder auf das Sofa. Sie fühlt sich müde, anders müde als sonst am Ende eines jeden Tages. Ihre Zeit, sich zur Ruhe zu begeben, ist gekommen.

Am nächsten Tag besuchen die Töchter wie jeden Samstag ihre Mutter. In ihrem Seidenkleid liegt sie auf dem Bett. Die zeitlose Müdigkeit ist von ihrem Gesicht verschwunden. Sajanas Töchter gehen zu den beiden Fenstern und öffnen sie gleichzeitig. Sie schauen wie gebannt hinaus, dann sehen sie einander an.

»Da war doch ein Leopard«, sagt eine der Schwestern.

»Ja, ein weißer Leopard und ein Vogel, der über ihm flog«, sagt die andere.

Sie setzen sich auf die Kante des Bettes, eine zur Linken, die andere zur Rechten. Wie zwei Flügel eines Vogels sind ihre Hände, die sich auf das lange, offene Haar der Mutter legen.

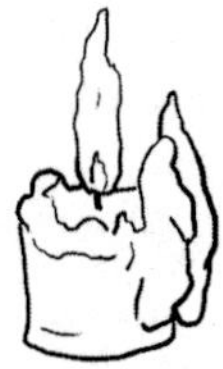

Anne Danck

Für meine Oma

Auch wenn ich dir diese Geschichte niemals in die Hand drücken werde und du sie niemals liest; auch wenn du mit Fantasy-Geschichten nicht viel anfangen kannst: Diese hier ist so wahr, wie ich sie schreiben konnte. Ich hoffe, sie ist nicht zu ehrlich geworden – und falls doch, dass du mir verzeihst.

Ich bin auf der BuchBerlin und es prickelt in meinem ganzen Körper. Als ich vor zwei Jahren das erste Mal hier war, fühlte ich mich überfordert und verloren zwischen so vielen Ausstellern und Besuchern – obwohl das hier noch eine kleine Buchmesse ist, verglichen mit der Leipziger oder der Frankfurter. Aber wenn ich jetzt durch die Tischreihen gehe, dann treffe ich Leute wieder, strahle von einem Ohr zum anderen, bis mir die Wangen wehtun und rede so viel, dass mein Verstand manchmal gar nicht hinterherkommt. Das zeigt, dass sich etwas getan hat, in den letzten zwei Jahren. Auch wenn ich keinen Roman veröffentlicht habe, auch wenn es nur Kurzgeschichten sind.

»Eure Anthologie ist für den Deutschen Phantastik Preis nominiert, richtig?«, fragt mich eine Freundin.

»Ja, ich kann es immer noch nicht glauben«, antworte ich und mein Selbstbewusstsein macht einen kleinen Satz. Es ist einfach so unglaublich, dass meine Geschichte Teil dieser Anthologie ist, dass sie anscheinend zu diesen anderen großartigen Geschichten passt.

»Dann drücke ich mal ganz fest die Daumen«, verspricht sie und wir verabschieden uns, weil ich mit den anderen Autor:innen der Anthologie verabredet bin. Wir wollen gemeinsam zur Preisverleihung gehen. Ich bin doppelt aufgeregt, dreifach vielleicht sogar. Zum Ersten, weil ich die anderen Autor:innen bisher auch nur durch ihre Geschichten kenne. Zum Zweiten, weil ich das erste Mal überhaupt an so einer Preisverleihung teilnehme. Zum Dritten – die Anthologie ist nominiert, verdammt! Ist das zu fassen?

Die Verleihung selber vergeht nicht schnell genug und doch gleichzeitig zu schnell. Wir suchen uns Plätze, wir quatschen. Jemand tritt auf die Bühne, das Mikro quietscht, alle zucken zusammen und es wird still. Die einzelnen Kategorien werden verlesen, die Nominierten vorgestellt, dann wird verkündet, wer beim Voting gewonnen hat. Es gibt kurze Dankesreden, mal witzig, mal trocken. Das Mikro quietscht. Ich kann es kaum erwarten, dass unsere Kategorie kommt – und doch will ich den Moment noch etwas auskosten. Will das Gefühl der Vorfreude nicht verlieren, das Prickeln der Möglichkeit, es könnte ja, was, wenn vielleicht –

Unsere Kategorie wird verlesen: Beste deutschsprachige Anthologie. Der Name unserer Anthologie wird unter den Nominierten genannt. Und dann noch einmal. Wir haben gewonnen. Wir. Haben. Gewonnen.

Wir sind so viele, dass wir gar nicht richtig auf die Bühne passen. Jeder soll ein paar Worte sagen. Ich auch. Natürlich quietscht das Mikro. Aber es ist egal, ich habe ohnehin keine Ahnung, was ich eigentlich von mir gebe, ich bin einfach nur happy. Es werden Fotos gemacht, alle Preisträger zusammen, und es ist surreal, weil so viele Kameras auf uns gehalten werden, als wären wir Stars. Dabei habe ich nur eine Geschichte geschrieben und nicht sie, sondern das Gesamtwerk der Anthologie wurde prämiert.

Doch das ist egal. Es fühlt sich trotzdem großartig an. Absurd. Fantastisch.

In dem ganzen aufgeregten Chaos zwischen den anderen Autor:innen spüre ich das Handy in meiner Hosentasche vibrieren und ziehe es heraus. Eigentlich will ich jetzt nicht den Anruf annehmen. Andererseits sehe ich, dass es mein Vater ist, der anruft, und irgendwie finde ich es passend, so kann ich ihm direkt die Neuigkeit mitteilen.

»Hallo«, sage ich und möchte am liebsten sofort mit allem herausplatzen, kann mich nur mit Mühe dazu bringen, wenigstens etwas höflich zu sein und zu warten. Schließlich hat er ja vermutlich einen Grund anzurufen.

»Ich hab schon mehrmals versucht, dich zu erreichen. Oma ist im Krankenhaus. Sie hatte anscheinend einen Schlaganfall.«

Und damit ist sie weg, die Euphorie, einfach so.

***

Der zweite Tag der BuchBerlin fühlt sich an wie ein Schauspiel. Ich bin da, ich nehme teil, aber ich habe meinen Text vergessen. Immer wieder werde ich beglückwünscht, immer wieder bedanke ich mich, lächele – und es ist tatsächlich ein ernstgemeintes Lächeln, denn ich bin wirklich dankbar für die Gratulationen. Aber der Preis an sich hat die Bedeutung verloren, das alles hier – die Buchwelt, meine Traumwelt – hat seine Bedeutung verloren.

Ich kann nicht zu meiner Oma, denn sie wohnt zu weit weg, spontan hinfahren ist unmöglich. Außerdem sind jetzt alle bei ihr, ihr Mann und alle fünf Kinder, und ich bin nur eine Enkelin, mich trifft es nur zweitrangig, ich will mich gar nicht dazwischen drängen. Stattdessen bin ich genau da, wo ich gestern war, und frage mich, was es eigentlich wert ist, dieses Hobby, diese heimliche Leidenschaft von mir. Es fühlt sich plötzlich an wie ein Selbstbetrug. Wie kann es sein, dass ich die Personen in meinen Geschichten besser kenne als die realen Menschen um mich herum – besser als meine Oma? Wie kann es sein, dass ich die Zeit dafür finde, Geschichte nach Geschichte zu schreiben – aber nicht dafür, meine Oma zu besuchen?

Es ist das erste Mal, dass ich eine Buchmesse nicht bis zur letzten Minute auskoste, die mir zur Verfügung steht. Ich breche nach ein paar Stunden ab.

***

Omas Zustand verbessert sich. Sie wird in eine Reha-Klinik verlegt, die in unmittelbarer Nähe liegt. Ich schmiede Pläne, sie dort am Wochenende zu besuchen. Ich schmiede Pläne, die Vorfälle in einer Kurzgeschichte zu ordnen. Allerdings traue ich mich noch nicht, möchte abwarten, wie der Besuch verläuft.

Dann kommt am Freitag vor dem geplanten Besuch ein neuer Anruf. Es gab einen weiteren Schlaganfall. Und diesmal bittet Mama darum, dass wir als Enkel ebenfalls direkt zu Oma kommen. Ganz plötzlich steht der Tod im Raum, nicht nur als eine fiktive Gestalt, als eine Möglichkeit, sondern er ist real und präsent und erdrückend. Sein Umhang ist aschgrau und verhüllt jegliche Merkmale, die Schatten unter der Kapuze sind geschlechts-, gesichts- und alterslos. Mein Körper fühlt sich leer an, ohne jede Emotion, während mein Kopf zu vollgestopft mit Gedanken ist.

***

Ich desinfiziere mir die Hände am Eingang zur Intensivstation und eine Schwester lässt mich ein, zeigt mir den Weg. Oma liegt auf dem Rücken, die Augen geschlossen, aus ihrem Mund kommt ein Schlauch. Die piependen Geräte neben ihrem Bett und ihre Zunge, die ein kleines bisschen zu weit über die Unterlippe ragt, sind das Einzige, was verrät, dass das hier ernst ist. Warum der Tod neben ihrem Bett steht.

Meine Mutter ist schon da, hält die Hand ihrer Mutter und spricht mit ihr. Nein, nicht nur das. Sie spricht auch mit mir, als könnte Oma jedes Wort hören. Sie teilt mir mit, was passiert ist – aber es ist nur die Hälfte von dem, was ich von Papa erfahren habe. Als würde sie mehrere Stunden des Verlaufs einfach überspringen.

Ich runzele die Stirn. »Papa meinte, nach dem ersten Schlaganfall gab es noch die Hoffnung auf Erholung. Aber der zweite jetzt hätte –«

Meine Mutter guckt plötzlich angespannt, versucht mir mit Mimik und Gestik eindringlich etwas zu verstehen zu geben. Leider verstehe ich gar nichts, außer, dass es irgendwie um Oma geht und ich nicht weiterreden soll. »Nicht hier«, flüstert sie schließlich, als ich sie immer noch ratlos ansehe. Sie möchte Oma nicht beunruhigen, möchte ihr keine Angst machen, indem sie erfährt, wie es wirklich um sie steht.

Und das ist das Paradoxe an der Sache: Der zweite Schlaganfall hat dafür gesorgt, dass die linke Gehirnhälfte angeschwollen ist. Auf der MRT-Aufnahme ist wohl fast alles dunkel. In anderen

Worten: Der Teil des Gehirns, der für das Sprechen und Sprachverstehen zuständig ist, ist höchstwahrscheinlich nicht mehr funktionsfähig, vermutlich sogar bereits abgestorben. Wenn Oma noch in diesem Körper ist, wenn sie über die potentiellen Schmerzen hinaus noch denken kann – dann nicht mehr in Worten. Falls sie Mama versteht, dann versteht sie nicht mehr, was sie sagt, sondern nur noch ihren Tonfall. Es ist nicht nötig, Omas Zustand vor ihr zu verheimlichen.

»Willst du auch mal ihre Hand streicheln?« Meine Mutter reicht sie mir und ich halte sie fest, fahre mit meinen Fingern über ihre. Sie fühlen sich stark an, nach Gartenarbeit, nur die Haut ist so dünn, als könnte sie jeden Moment reißen. Papieren, wird es gerne in Büchern beschrieben und es stimmt. Ich muss an Pergament denken, Schriftrollen aus gegerbter Haut. Der Tod beobachtet mich von der anderen Seite des Bettes aus und ich fühle mich schlecht, weil ich wieder nur ans Schreiben denke, wieder die Situation nur abstrakt und von außen betrachten kann.

»Krabbel ruhig den Arm«, fordert mich meine Mutter auf. »Vielleicht kann sie das spüren.«

Ich tue, was sie sagt. Nicht, weil ich glaube, dass es Oma hilft, denn auch der Tastsinn, das Körperempfinden sitzt auf der linken Gehirnhälfte und ist damit aller Wahrscheinlichkeit nach nicht mehr präsent. Ich tue es, weil ich hoffe, dass es Mama hilft. Weil ich nichts anderes tun kann. Wir funktionieren zu verschieden. Während sie in Momenten wie diesen alle Emotionen zu bündeln scheint, gehen sie mir einfach aus und ich werde nur noch zur Denkmaschine, zum bloßen Transportgefäß für meinen Verstand. Ich kann ihr nicht das geben, was sie braucht, und sie mir nicht das, was ich brauche: jemanden, der mit mir ehrlich die Lage bespricht.

Wenigstens kann ich sie überreden, in die Cafeteria des Krankenhauses zu gehen und zu essen. Ein bisschen nützt ihr meine Anwesenheit also doch.

***

Manchmal bewegen sich die Augen unter den geschlossenen Lidern. Manchmal zuckt ein Bein oder eine Hand. Manchmal bewegt sie den Mund, als würde der Schlauch sie stören, ihr vielleicht sogar wehtun. Es könnte auch sein, dass sie Schmerzen hat, jedoch nicht mehr in der Lage ist, das auf irgendeine Weise zu zeigen. Die Krankenschwester hat vor mehreren Stunden das Schmerzmittel über den Venenkatheter abgedreht. Es ist ein Test, denn ohne Schmerzmittel müsste Oma eigentlich aufwachen. Doch sie öffnet nicht die Augen, wenn man mit ihr redet, und drückt nicht die Hand, wenn man sie darum bittet. Nach dem ersten Schlaganfall hat sie darauf noch reagiert.

Während ich auf die Rückkehr meiner Mutter warte, frage ich mich, wie viel von Oma noch da ist? Oder anders: Von dem, was noch da ist, wie viel ähnelt es noch Oma? Selbst wenn sie die körperlichen Folgen des Schlaganfalls überlebt, wäre sie dann noch sie selbst? Und würde sie das wollen, ein Leben, bei dem sie nur noch halb sie selbst ist?

Vielleicht ist es ein unwichtiger Gedanke, aber mir wird klar, dass es mindestens in einem Punkt kein Zurück gibt: Wenn ihr Sprachzentrum beschädigt ist, dann heißt das auch, dass sie keine Geschichten mehr lesen kann. Und obwohl Oma zwar weiß – wusste? – dass ich schreibe, hat sie nie etwas von mir zu lesen bekommen, weil mir bewusst war, dass sie mit Fantasy nicht viel anfangen konnte. Trotzdem trifft mich die Endgültigkeit. Nicht, weil sie meine Geschichten nie kennengelernt hat, sondern weil sie mich – diesen Teil von mir – dadurch nie ganz kannte. Ich habe es versäumt und jetzt ist es nicht mehr rückgängig zu machen.

War ich dir zu weit weg, Oma? Ich würde sie gerne dazu ausfragen, kann mir jedoch nicht einmal gedanklich vorstellen, es zu tun. Oma und Mama sind sich in vielen Dingen unglaublich ähnlich – und sie würde, ebenso wie Mama, nicht ganz ehrlich antworten, wenn sie wüsste, dass sie dadurch die Gefühle ihres Gegenübers schonen könnte.

Ich blicke zum Tod auf der anderen Seite, reglos und schweigend, und stelle fest, dass er mit mir auf einer Höhe steht, in der Mitte des Bettes. In den Geschichten, die ich kenne, hat er immer eine eindeutige Meinung, stellt sich unmissverständlich an das Kopfende des Bettes, um Überleben zu signalisieren, oder an das Fußende fürs Sterben. Er steht nie ... dazwischen. So wie ich, neben Omas Hüfte, mit ihrer Hand in meiner.

Hat er sich bisher nicht entschieden? Kann ich ihn beeinflussen?

»Sie wird in einem Monat erst achtzig«, sage ich vorsichtig, probehalber. »Sie hat doch noch Zeit.«

Der Tod sagt nichts, er bewegt sich nur leicht, sodass der Stoff seiner Kleidung leise raschelt.

»Sie war immer die selbstlose Hilfe, die jederzeit zur Stelle war«, erkläre ich ihm. »Die Schallplatten mit Märchen für mich heraussuchte, wenn ich als Kind zu Besuch war, oder sich ohne Zögern in den nächsten Zug setzte, wenn ich krank war und meine Eltern arbeiten mussten. Sie ...« Ich sehe auf Omas Hand hinab. »Eigentlich kenne ich sie kaum«, gestehe ich dem Tod leise. »Nicht sie als Person. Sie hat nie überlegt, was sie selbst will. Sie hat immer das getan, von dem sie glaubte, was alle anderen wollen.«

Was waren ihre eigenen Wünsche, ihre Ziele? Wenn sie selbst mit dem Tod verhandeln könnte oder mit uns Angehörigen als Vermittler – wofür würde sie plädieren? Dass wir es versuchen oder dass wir die künstliche Beatmung abstellen? Denn dann würde ihr über kurz oder lang die Kraft ausgehen, selbst weiter zu atmen.

Ich weiß es nicht und das Gewicht von all diesem nicht vorhandenen Wissen drückt mir schwer auf die Schultern.

»Ich bin ein bisschen sauer auf sie«, gebe ich zu. »Wenn wir ehrlich sind, waren die Schlaganfälle doch nur eine Frage der Zeit. Sie hat sich immer nur um andere gekümmert. Erst um ihre fünf Kinder, dann um ihren kranken Mann. Sie hat sich quasi aufgebraucht. Sich buchstäblich für andere aufgeopfert, anstatt einmal für sich selbst zu sorgen.« Ich merke, dass ich mich in Rage rede, aber ich kann mich nicht aufhalten. »Opa hat sogar erzählt, dass sie ihn erst vor ein paar Tagen zum Arzt gebracht hat und dabei selbst diejenige war, die zu kurzatmig war und es beinahe nicht bis dorthin geschafft hätte. Aber anstatt dann auch gleich vorzusprechen, hat sie lieber gar nichts gesagt! Das ist doch einfach nur – dumm!« Das Wort tut mir sofort leid und doch kann ich es nicht zurücknehmen, denn es ist genau das, was ich denke.

Ich sehe den Tod an und ich habe das unheimliche Gefühl, dass der Tod aus dem Nichts unter seiner Kapuze zurücksieht. Darauf wartet, dass ich weiterrede.

Oder vielleicht auch nicht. Vielleicht ist ihm alles egal.

»Sie hatte Bluthochdruck und schlimmere Insulinwerte als Opa und man hätte etwas tun können, wenn sie sich nur rechtzeitig hätte untersuchen lassen«, füge ich hinzu und glaube mich zu erinnern, dass sich meine Mutter mit meiner Oma deswegen sogar schon einmal gestritten hat. »Aber sie hat ihre eigene Krankheit lieber ignoriert.« Weil sie die Aufmerksamkeit nicht wollte? Weil es anderen – meinem Opa – schlechter ging und es ihr wichtiger war, sich um ihn zu kümmern?

Omas Hand zuckt und plötzlich ist mir das alles zu real, zu echt. Es riecht nach Desinfektionsmittel und Gummi, die Beatmungsmaschine zischt rhythmisch, die Geräte piepen und über den Flur eilen immer wieder hastige Schritte. Plötzlich bin ich mir sicher, dass Oma ihr Zustand nicht gefallen würde, wenn sie es mitbekäme. Wenn sie, die ihr ganzes Leben danach ausgerichtet hat, alle anderen zu umsorgen, plötzlich selbst diejenige wäre, die umsorgt würde. Es wäre kein Zustand, mit dem sie glücklich werden könnte. Es würde ihr die gesamte Identität rauben.

Meine Mutter kommt wieder und ich mache den Platz für sie frei, übergebe ihr wieder Omas Hand. Ohne es zu merken, habe ich mich zum Fußende des Bettes bewegt.

***

In den Wochen danach ist der Tod mein ständiger Begleiter. Manchmal ist seine Anwesenheit vorhersehbar: wenn der Termin für die Beerdigung festgelegt werden muss. Wenn entschieden wird, welche Worte auf den Trauergestecken stehen sollen. Wenn wir überlegen, wie wir Opa am besten zum Friedhof bekommen, obwohl er doch so schlecht gehen kann.

Aber manchmal ist der Tod ganz unvermittelt da, sitzt plötzlich neben mir auf dem Sitz im Bus, obwohl ich nur aus dem Fenster geschaut habe. Er sitzt einfach nur da, still und ruhig, und ist damit genauso wie ich. Ich würde gerne weinen, aber ich kann es nur, wenn ich meine Mutter weinen sehe, weil ich dann automatisch mit ihr fühle. Ich würde gerne darüber schreiben, um meine Gedanken zu sortieren, um all das zu verarbeiten, aber es fühlt sich falsch an. Vielleicht weil ich darüber nachgedacht hatte, es in eine Geschichte zu verpacken, und es daraufhin noch viel schlimmer wurde.

Erst auf der Beerdigung bricht die Stille in mir und die Emotionen kommen zurück. Es liegt an dem Foto, das Mama von Oma rausgesucht hat, und an den Kerzen, die wir davor entzünden und die mich schmerzhaft an Weihnachten erinnern und dass Oma immer dabei war und so gern gesungen hat. Es liegt aber auch an der Rednerin, die Omas Leben zusammenfasst und mir damit doch ein paar Bruchstücke von der Frau gibt, die ich so nicht kennengelernt habe. Und an diesem einen Satz, den die Rednerin sagt und der mein ganzes, gestürztes Bild wieder gerade rückt: »Sie war im Umsorgen und Sich-Sorgen glücklich.«

Plötzlich kann ich ihr verzeihen.

Und mir auch, denn ich bin im Schreiben glücklich.

Cleo Belien

Falkenaugen

Endlich ist es wieder so weit, eine neue Vollmondphase hat begonnen. Der riesige Mond steht tief am wolkenlosen Himmel und erleuchtet die Steppe mit seinem roséfarbenen Licht. Weit im Norden begrenzt ein schimmerndes Gebirgsmassiv die Steppenlandschaft.

Ich laufe barfuß, denn ich kann nicht wählen, was ich trage. Versucht habe ich es natürlich, doch egal was ich mir vorher auch anziehe, wenn ich hier ankomme, ist es immer dasselbe: ein langes, dünnes Leinenkleid und meine Füße sind nackt. Deshalb pikt mich das scharfe Steppengras in die Fußsohlen, doch ich laufe weiter. Denn die Zeit, die ich hier verbringe, ist ohnehin viel zu kurz, und mein Weg zur Hütte ist lang. Aber nur dort können wir zusammen sein. Trotz meiner wunden Fußsohlen beiße ich also die Zähne aufeinander und versuche, den Weg zur Blockhütte so schnell wie möglich zurückzulegen. Damit uns mehr Zeit bleibt.

Am Himmel sehe ich zum Glück keinen Falken, auch in der Ferne nicht. Mein Herz schlägt schneller, vielleicht ist er heute in der Hütte und erwartet mich?

Schon seit sechs Monaten gehe ich diesen Weg in meinen Träumen, und kann es jedes Mal kaum erwarten, bis wieder Vollmond ist. Denn obwohl ich die Traumwandlergene meiner Großmutter in mir trage, gelingt es mir nur während der Vollmondphasen, diesen Ort zu besuchen. Vergeblich habe ich versucht, auch in anderen Nächten hierher zu gelangen, oder mich am Tag hierhin zu träumen. Vielleicht bin ich nur eine mäßige Traumwandlerin? Leider hatte meine Großmutter keine Zeit mehr, mir alles, was ich darüber wissen muss, beizubringen. Meine Mutter hielt das für Unsinn: »Glaub nicht an Omas Geschichten über Traumwandler, sie ist alt und wirr im Kopf. Es gibt nur diese eine Realität, die, in der du lebst. Find dich damit ab.« Aber seit sechs Monaten verbringe ich jede Vollmondphase hier und deshalb weiß ich, dass es Unsinn war, was meine Mutter mir damals einredete!

Ich höre den wimmernden Gesang des Steppengrases, wenn der Wind hindurchpflügt. Er zerrt wütend an den Haaren, die sich aus meinem Zopf gelöst haben. Heute bläst er sogar noch stärker als sonst und ich muss mich gegen ihn stemmen, um voranzukommen. *Als wollte er mich zurückhalten. Aber wieso sollte er das tun?*

Doch mit jedem Mal ist es stürmischer und das kostet Zeit, meine Zeit hier an diesem Ort – die Zeit mit ihm. Ich schlinge meine Arme um den Oberkörper, stelle mir seinen sanften Blick aus diesen unglaublichen Augen vor, der mein Herz erwärmt, und laufe weiter.

Endlich! In der Ferne erkenne ich die kleine Blockhütte auf der anderen Seite des breiten Steppenstreifens. Mir wird trotz des eisigen Windes wärmer, denn heute brennt Licht in den Fenstern und der Schornstein raucht. Er ist dort!

Meine Füße tragen mich wie von selbst, immer schneller auf die Hütte zu. Dem spitzen Gras und der Kälte setze ich mein Lächeln entgegen, sie können mir nichts mehr anhaben.

Am Ziel angekommen, schließe ich für einen Moment die Augen, sauge den harzigen Geruch des Holzes in meine Stadtlungen. Streiche über die groben Stämme der Blockhütte, und spüre das raue Holz an meinen Fingerkuppen. Doch ich halte es kaum aus abzuwarten, alles in mir kribbelt, ich klopfe an und drücke schon im selben Moment die Tür auf. Da reißt eine zornige Böe an Hemd und Haaren, wie ein letztes Aufbäumen des Windes, als würde er mich davontragen wollen. Schnell umklammere ich den massiven Türgriff, stemme mich in die Hütte, ziehe die Tür zu und lege von innen den Riegel davor. Geschafft.

Drinnen bleibe ich stehen und streiche mir die wirren Haarsträhnen aus dem Gesicht. Vermutlich sehe ich aus wie ein zerzauster Waldgeist. Aber das ist mir egal. Mein Herz hämmert bis in den Hals hinauf. Da steht er. Jedes Mal aufs Neue verschlägt es mir den Atem, wenn er mich ansieht. Ich stocke kurz, starre ihn einfach nur an. Er ist so unbeschreiblich schön, so anders und doch so ... so vertraut. Mein Blick schweift über seine olivgrüne, seidige Haut, die goldbraunen Haare, die von weichen Federn durchsetzt sind, und dann schaue ich in diese klaren, schrägstehenden Augen. Moosgrün. Otis' Augen. Sie strahlen nur für mich! Das Lächeln, das er mir schenkt, zieht mitten durch mein Herz und von dort direkt in meinen Unterleib und meine zittrigen Beine weiter.

»Lia, endlich bist du wieder hier! Ich wünschte, ich könnte dir diesen beschwerlichen Weg abnehmen.« Otis streckt die Arme aus und zieht mich an sich. Tränen der Erleichterung rinnen seine Wangen hinab. Ich küsse sie weg. Heute habe ich es bis in die Hütte geschafft und er ist hier. Das ist alles, was zählt. Draußen zerrt eine Windböe an der Tür, doch der massive Riegel hält ihr stand.

Ich versenke mein Gesicht im weichen Stoff seines Hemdes und sauge den Duft ein. Gebrannte Mandeln, feuchtes Steppengras und Holzrauch – meine Lieblingsduftmischung. Als ich mich aus seinen Armen löse und er mich erneut anlächelt, explodieren tausend Funken gleichzeitig in meinem Körper. Im Schein der Kerzen sehe ich die bernsteinfarbenen Sprengsel in seinen ungewöhnlichen Augen aufleuchten. Wie kann es sein, dass dieses Lächeln mir gilt?

Ich ziehe an dem albernen Kleid, das ich trage, als ob das etwas von meiner blassen Haut verdecken könnte, und setze mich auf die Schafsfelle vor der Feuerstelle. Otis holt eine Tasse mit dampfendem Kräutertee, stellt sie vor mir auf dem Boden ab und wickelt uns in ein weiches Tuch.

Eine Weile sitzen wir nur da und sehen dem knisternden Tanz der Flammen zu. Während draußen der Wind ums Haus tobt, umhüllt mich der beruhigende Duft der Kräutersträußchen, die überall zum Trocknen von der Decke hängen. Mein Körper entspannt sich. Nach ein paar Schlucken wende ich meinen Kopf zur Seite, blicke ihn an und er greift nach meiner Hand. Der Schmerz sticht plötzlich in meinen Brustkorb. *Wann können wir endlich in dieser oder meiner Welt zusammensein?*

Otis schüttelt den Kopf, als könne er meine Gedanken lesen. Dann streifen seine warmen Lippen über mein Haar und ich spüre seinen Atem im Nacken. Meine Haut kribbelt und eine Druckwelle explodiert in mir. Endlich lasse ich alles los, tauche ein in seinen Blick und scheine gleichzeitig darin zu versinken und zu fliegen – bleischwer und schwerelos zugleich. Ich spüre jeden Zentimeter meines Körpers von innen, ein Pulsieren, das sich ringförmig darin ausbreitet. Alles wird weich.

Als ich es nicht mehr aushalte, schlinge ich ihm meine Arme um den Hals und ziehe ihn mit mir zu Boden. Er stützt sich ab und ich blicke sehnsüchtig auf seine lächelnden Lippen. Das Pulsieren steigert sich zu einem schmerzhaften Saugen in mir und ich kralle mich in seine Haare. Dabei bemerke ich, wie sich Gänsehaut unter meinem Kleid ausbreitet. Als unsere Hände sich ineinander verschränken, scheinen sich kräftige Wurzeln von meinen Fußsohlen tief in die Erde zu versenken. Ich fühle mich stark und klar, in mir breitet sich eine weiche Wachheit aus und ich fühle: Ich. Gehöre. Hierher. In *diese* Welt.

Die ganzen letzten Jahre, in denen ich in etlichen Städten gelebt habe, war ich rastlos. Ständig auf der Suche nach neuen Abenteuern, Bekanntschaften, interessanten Möglichkeiten. Auch wenn ich weltweit viele Freunde habe, fehlte mir immer etwas, das ich nicht benennen konnte. Doch hier in dieser kleinen Hütte mitten in der Wildnis bin ich endlich angekommen. Und in dem Dorf, das unweit hinter der Hütte mitten im Wald liegt, fühle ich mich zu Hause. Erleichtert schließe ich meine Augen, nehme nur noch meine Verbundenheit mit diesem Ort, dieser Welt und Otis wahr.

»Wie schön du bist, Lia.« Otis streicht mir eine Strähne hinters Ohr, fährt die Konturen meines Gesichtes und meines Körpers unter dem Leinenkleid nach.

Mit zittrigen Fingern zerre ich ihm das Hemd von den Schultern, werfe es auf den Boden, und sauge den Duft seiner samtigen Haut in mich auf. *Es muss eine Möglichkeit geben, hierzubleiben!* Peinlicherweise füllen sich meine Augen mit Wasser. Schnell drehe ich den Kopf weg, schnappe nach Luft und stammle: »So lebendig und verbunden habe ich mich noch nie gefühlt.«

Er bedeckt mein Haar mit seinen Küssen, da halte ich es nicht mehr aus, ziehe sein Gesicht zu meinem heran und presse meine

Lippen auf seine. Während unsere Zungen miteinander zu spielen beginnen, reißt er die Augen auf und ich höre, wie der Wind sich draußen aufbäumt, an der Tür rüttelt und durch den Kamin zu uns ins Zimmer vordringt. Es wird eiskalt und ich rieche Muskat und nasse Erde, so intensiv, dass mir schwindelig davon wird. Erstaunt suche ich Otis' Blick.

Doch er sieht mich nur traurig an, während Federn sich durch die Haut seiner Arme schieben, die sich in Flügel verwandeln. Noch bevor ich nach Luft schnappen kann, sprießen die Federn überall aus seiner Haut hervor. Er stößt einen krächzenden Schrei aus und sein Körper schrumpft zusammen und verformt sich zur Gestalt eines riesigen Falken. Das Blockhaus und Otis verschwimmen vor meinen Augen im Nebel.

»Neein!« Ich versuche, mich an ihm festzukrallen, doch es hat keinen Sinn. Wind zerrt an mir und auch ich werde davongetragen. Ich verlasse ihn. Das letzte, was ich erblicke, ist eine herabfallende Falkenfeder. Automatisch greife ich danach und halte sie fest. *Sie wird dich beschützen*, höre ich Otis' Stimme in meinem Kopf.

***

Mit tränennassem Gesicht erwache ich von meinem Aufschrei – zu Hause im eigenen Bett. Heute war es noch realer als sonst. Etwas pikst mich. Ich setze mich auf, berühre meine Haare. Sie sind offen und windzerzaust. Vorsichtig betaste ich meine wunden Fußsohlen und bin erleichtert. Ich war dort. Otis ist real!

Ein Blick auf den Wecker verrät, es ist drei Uhr. Schnell schlage ich die Decke zurück, um nachzusehen, was mich gepikst hat, und da liegt sie, direkt neben meinem linken Oberschenkel. Eine seidige Falkenfeder, in wunderschönen Brauntönen. Ich schließe die Augen, streiche darüber, während mein Lächeln sich quer übers Gesicht von Ohr zu Ohr zieht. Ich will, muss sofort zurück zu Otis.

Aber es wird dauern, bis ich wieder einschlafe, und um halb sechs endet die Vollmondphase und ich muss wieder einen Monat lang warten, bis ich ihn wiedersehe. Das halte ich nicht aus. Doch selbst wenn ich es schaffe einzuschlafen, wird er dann dort sein? Oder noch in seiner Falkengestalt über der Steppe kreisen? Ich ziehe mir die Decke bis ans Kinn. Wälze mich von rechts nach links und wieder zurück.

Seufzend setze ich mich auf. Viertel nach drei. Wie soll ich unter diesem Druck so schnell wieder einschlafen?

Das Mondlicht wirft seinen sanften Schein auf die Dielen. Mein Blick wandert sofort zur Nische hinter der Tür. Seit gestern steht sie da, in schmutziges Packpapier eingewickelt. Direkt vom Nachlassverwalter meiner Großmutter: Die Spiegelkommode, durch die sie angeblich in die Anderswelt gelangt ist. Wieso soll ich warten, bis ich einschlafe, wenn ich doch auch im wachen Zustand in die Traumwelt eintreten kann? Wozu bin ich denn eine Traumwandlerin? Ich wische einen Schweißtropfen von meiner Schläfe. Soll ich es wirklich wagen?

Mir wird heiß, als ich mit der Schere bewaffnet auf die Kommode zugehe. Einen Versuch ist es wert. Ich weiß zwar nicht genau, wie sie funktioniert, aber mir fallen die Geschichten wieder ein, die mir meine Großmutter darüber erzählt hat. Ich erinnere mich sogar an ein Heft, das sie mich anlegen ließ, um dort nach ihren Angaben Zeichnungen und Hinweise festzuhalten. Damals wunderte ich mich darüber, dass sie dabei so pingelig vorging. Heute glaube ich, dass es Anleitungen waren.

Vorsichtig trenne ich die Klebestreifen vom vergilbten Papier. Meine Mutter behauptete, dass Großmutter verwirrt gewesen sei und alles nur erfunden habe. »Ihre überbordende Fantasie hast du von ihr geerbt. Pass bloß auf, dass du nicht auch eines Tages deine Träume mit der Realität verwechselst.«

Obwohl ich fasziniert war, glaubte ich meiner Großmutter damals nicht, dass es für uns möglich ist, sich in Träumen genauso zu bewegen wie in der Realität. Ich streiche über die Falkenfeder, die ich auf dem Boden abgelegt habe. Heute weiß ich, dass sie nicht verwirrt war. Leider blieb ihr keine Zeit mehr, mich in die Geheimnisse des Traumwandelns einzuführen, denn eines Tages, ich mochte zehn Jahre alt gewesen sein, verschwand sie aus ihrer Wohnung und tauchte nie wieder auf.

Eine weiche, weiße Feder habe ich am Boden vor ihrer Spiegelkommode gefunden und aufbewahrt. Doch meine Mutter kniff ihre Lippen zusammen und verlor kein Wort mehr über sie.

***

Mit einigen Schnitten lege ich den linken Seitenflügel der Kommode und das geschnitzte Füllhorn mit dem hölzernen Blumenbouquet frei. Sie sieht schäbiger aus, als ich sie in Erinnerung hatte, verblichener. Mit dem Daumen fahre ich über den abgeplatztzten Lack der Holzrosette, doch nichts geschieht. Ich schiebe, rüttle, drücke auf das Holz, doch alles ist umsonst. Waren es doch nur Kindergeschichten, die sie mir erzählt hat? *Sie muss funktionieren, bitte!*

Wütend zerre ich die Kommode aus der Nische heraus. Bearbeite das Papier so lange, bis es in kleinen Schnipseln auf dem Boden liegt. Die Seitenflügel schwenken nach vorn und auf der Rückseite entdecke ich ebenfalls eine geschnitzte Rose. Als ich mit den Fingern darüberfahre, öffnet sich ein kleines Fach im Inneren der Knospe. Mein Herz klopft, ich greife hinein und ziehe die silberne Kette daraus hervor. Eine kleine, geschnitzte Holzrose baumelt daran. Behutsam streiche ich über die winzige Spiegelscherbe, die in ihrer Mitte funkelt. Das Rückkehramulett. Bevor ich sie gefunden habe, wusste ich nicht genau, wonach ich suchte. Doch jetzt fällt mir alles wieder ein.

Ich hänge mir die Kette um den Hals, und in meinem Kopf tauchen die Verse meiner Großmutter auf, die sie mich jedes Mal aufsagen ließ, wenn sie mir damals die Kette umlegte. Sie sind noch immer in meinem Gedächtnis.

Geheim ist das Land hinter der Spiegelwand.
Nur die Rosenträgerin kann wandern von Land zu Land.
Aber an ihrer Hand
durchschreiten auch Freund oder Feind die Wand.
Doch sie bewahrt die Welt der Träume
vor der Gier der Menschenwünsche.
Hüte diesen Rosenschatz vor dem Groll des Felsentrolls
und gib gut Acht, dass niemand ihn dir abnimmt, in der Nacht.
Denn in ihre Welt kann sie nur zurück,
wenn sie auf die kleine Rose drückt.

Mit einem Druck auf das Rosenamulett komme ich also hierhin zurück. Wenn ich das überhaupt möchte.

Aber wie gelange ich direkt zu Otis?

An ein paar Details erinnere ich mich. Dank meines Wachpostens vor dem riesigen alten Schlüsselloch ihrer Schlafzimmertür. Ich hockte davor und spähte hindurch, wenn sie die Tür geschlossen hatte. Da fällt mir das Heft wieder ein, das sie mich unter ihren genauen Anweisungen gestalten ließ. Sie bewahrte es in einem der Seitenfächer der Kommode auf.

Das vergilbte Packpapier knistert, als ich es mit der kleinen Schere erneut bearbeite, bis die zerfetzten Überreste auf dem Boden liegen. Tatsächlich, im linken Seitenfach finde ich das Heft, das ich unter ihrer Anleitung bemalt und beschrieben habe. Beim Aufblättern flattern mir eine Feder und ein vergilbter Zettel entgegen, darauf steht in Großmutters Handschrift: *Vertraue dir selbst. Du bist die Rosenträgerin und eine Meisterin der Lüfte.*

Das ist alles? Was soll ich damit anfangen? Meisterin der Lüfte? War sie doch schon etwas verwirrt?

Einen Versuch ist es wert. Das Spiegelglas ist staubig und trüb. In der Dunkelheit meines Zimmers kann ich mich kaum darin erkennen. Durch das fahle Mondlicht schimmert die stumpfe, von schwarzen Rissen überzogene Oberfläche des Spiegels in einem gespenstischen Glanz. *Hoffentlich funktioniert der Spiegel noch.*

Auf der ersten Seite des Heftes finde ich meine Kinderzeichnung, zusammen mit einer detaillierten Anleitung der Dinge, die ich anscheinend für den Übergang durch die Kommode benötige. Mit den Füßen wische ich die Papierfetzen zur Seite, und stelle ein silbernes Tablett auf den Boden, das ich mit Wasser befülle. Das Mondlicht schimmert auf der Wasseroberfläche. In meinem Magen rumort es, hoffentlich gelange ich durch den Spiegel direkt zu Otis!

Da kommt mir eine Idee. Schnell bändige ich meine Haare zu einem festen Zopf, mitten hinein flechte ich die Falkenfeder. Sie soll mir als Kompass dienen, mich zu ihm führen, wenn ich durch den Spiegel trete. Es wird nichts schiefgehen. Ich muss nicht erst lernen, wie man in die nichtalltägliche Wirklichkeit eintritt. Sogar ein Mitbringsel habe ich in die »reale« Welt geholt. Großmutter wäre sicher stolz auf mich. Mir ist warm und ich nehme die Finger vom Ohr, das ich bereits rot gezwirbelt habe. Dumme Angewohnheit!

Bevor ich es mir anders überlege, zünde ich eine Kerze an, stelle sie in die Mitte des Wassertabletts und öffne das Fenster. Wind bläst herein und ich zucke zusammen. Schnell lege ich einige

Salbeiblätter in eine Muschelschale, aus der ich zuvor meinen Schmuck gekippt habe, und entzünde die Kräuter. Der Rauch steigt mir in die Nase und beruhigt meine Nerven. Habe ich an alles gedacht? Ich lese noch einmal in dem Heft nach: Wasser, Feuer, Luft, der Holzboden, auf dem ich stehe, muss die Erde repräsentieren. Ich gehe einen Schritt auf die düstere Kommode zu und schiebe das Tablett so, dass es sich in allen drei Teilen der Kommode spiegelt. Perfekt. Doch ich zögere, vor den Spiegel zu treten, beiße mir auf die Lippe. Warum habe ich so ein seltsames Gefühl? Beim letzten Vollmond hatte ich seine Welt kaum betreten, als der Morgen mich schon zurück in meine Welt riss. Als ob mich etwas oder jemand daran hindern wollte, Otis zu treffen ... Ach Unsinn! Wer sollte das denn sein? Und warum?

Ich atme tief ein und schiebe mich zwischen die Spiegel der Kommode, es fühlt sich an, als ob ich in einen staubigen Schrank kriechen würde. Meine Hände berühren die Seitenwände und meine Nasenspitze das vordere Glas. Staub kitzelt mich und ich niese gegen den Spiegel. Vor meinem inneren Auge lasse ich Otis' Bild in der Blockhütte entstehen und erinnere mich an die Melodie, die mir meine Großmutter zum Einschlafen vorgesungen hat. Erst summe ich sie leise, dann immer lauter, bis es hinter mir rauscht und meine Füße plötzlich im Wasser stehen. Mir wird schwindelig und schwarz vor Augen.

***

Ich tauche auf, schnappe nach Luft, als mein Kopf die Wasseroberfläche durchstößt, und schwimme an Land. Das ist nicht die Steppenlandschaft, zu der ich wollte. Es hat also nicht funktioniert. Triefend blicke ich am Ufer des Sees an mir hinab. Meine Haut schimmert im Licht des Mondes und die roten Haare reichen mir bis zu den Hüften. Bis auf ein durchscheinendes Kleid bin ich vollkommen nackt. Daran, dass dies nur ein Traum ist, zweifle ich keine Sekunde. Meine Haare sind weder rot – bestenfalls straßenköterblond mit einem Rotstich – noch reicht mein Zopf bis zur Hüfte. Ich betrachte mein unglaubliches Spiegelbild im See, als ich eine heisere Stimme hinter mir höre.

»Ahh, da ist ja meine Schöne der Nacht. Jetzt hast du endlich den Weg zu mir gefunden, Lia«

Erschrocken drehe ich mich zu der rauchigen Stimme um und weiche einige Schritte nach hinten, bis ich wieder knöcheltief im Wasser stehe.

Dieser Typ ist anscheinend aus dem Nichts aufgetaucht, oder habe ich ihn nur nicht bemerkt? Etwa in meinem Alter, sieht er aus wie ein Traumprinz, ein Teenie-Schwarm. Er bewegt sich geschmeidig und muskulös wie eine Raubkatze auf der Pirsch und ist nur in einen dunklen Fellschurz gekleidet. *Fellschurz, geht's noch?*

Mit ausgebreiteten Armen bewegt er sich auf mich zu und schnurrt *meinen* Namen! Das kann doch nicht sein. Vorsichtig weiche ich nach rechts aus, bis ich beinahe über einen großen Ast stolpere, der sich am Boden ausstreckt wie eine dicke Luftwurzel. Ich schwinge mich darauf und klettere am Stamm nach oben, wobei die Rinde meine wunden Fußsohlen erneut aufschürft. Ich bin irgendwo gestrandet, wo ich nicht hinwollte. Erschöpft setze ich mich auf den breiten Ast.

»Lauf doch nicht weg. Ich komme zu dir rauf und dann können wir reden. Okay?« Behände wie ein Eichhorn klettert er herauf und setzt sich mir gegenüber auf den Ast. »Ich bin Alaun und freue mich, dass du endlich hier bist.« Sein Lächeln ist warm und sinnlich. Er beugt sich langsam vor und streicht mir eine Haarsträhne hinters Ohr. Dabei rieche ich seinen Duft nach nasser Erde und Muskat so intensiv, dass mir schummrig davon wird. Woher kenne ich diesen Duft?

Plötzlich küsst er mich ungefragt. Zugegeben, dieser Kuss ist nichts für alte Tanten, er benebelt meine Sinne, aber Alaun lässt wirklich nichts anbrennen und schon liege ich auf dem breiten Ast und höre sein Schnurren über mir. Mein Verstand verabschiedet sich und für eine Weile treibe ich gemeinsam mit ihm im Rausch seiner Küsse, wie in einer großen Blase gefangen, dahin. Als ich ein Rascheln und Flügelschlagen aus den oberen Ästen höre, schiebe ich ihn von mir weg, atme tiefer ein und werde sofort wieder klarer im Kopf.

»Ähm, versteh mich nicht falsch, aber das geht mir doch ein bisschen zu schnell. Selbst wenn das nur ein Traum sein sollte.«

»Ich, ein Traum?«, Alaun lacht sein heiseres Lachen und setzt sich auf. »Du bist *mein* Traum. Ich habe dich zu mir gerufen, Lia. Du gehörst nicht zu diesem Falken.«

Otis, wie konnte ich ihn bloß vergessen? Als Alaun sich erneut mit halb geöffneten Lippen auf mich stürzen will, beginnt sein Duft bereits wieder, meine Sinne zu vernebeln. Schnell klettere ich auf einen anderen Ast und Alaun sackt über der Stelle zusammen, an der er mich vor einigen Sekunden noch angetroffen hätte. Doch bevor er sich wieder aufrichtet und seinen Kopf zu mir dreht, erhasche ich einen kurzen Blick auf seinen nackten Rücken. *Das kann nicht sein!* Schuppige Drachenzacken, die an der Wirbelsäule aus seinem Rücken ragen und in einem getigerten Schwanz enden. Sein Rücken ist steingrau und erinnert an zerklüftete Felsen. Mir wird schlecht und eine Welle des Ekels schiebt sich durch meine Eingeweide. Ich muss einen Laut des Abscheus unterdrücken, reiße mich aber sofort wieder zusammen und als er mich forschend ansieht, lächle ich zu ihm hinab.

»Lass mich doch erstmal deine Welt kennenlernen, mich umsehen.« Schnell klettere ich weiter nach oben, um seinem lüsternen Blick zu entkommen.

»Du willst spielen, Lia? Das gefällt mir.« Alauns Augen funkeln gierig.

Ich taste nach der Kette um meinen Hals und zucke zusammen, denn sein Atem schnaubt mir in den Nacken. Er ist mir leise und schnell gefolgt.

»Entspann dich«, sagt er.

Sein heiseres Lachen geht mir auf die Nerven. »Dann gib mir etwas Zeit!«, fahre ich ihn an und schiebe Alaun von mir weg.

Er schwingt sich vom Ast herab, lässt los und steht wieder auf dem Boden. »Dann sieh dich eben um. Ich warte hier unten auf dich. Aber lass dir nicht zu viel Zeit damit.« Seine Stimme klingt beleidigt.

Mir gefällt das immer weniger, doch ich reiße mich zusammen und sage: »Gute Idee, das werde ich tun.« Die Äste werden oben dichter. Hoffentlich entzieht mich das dichte Laub seinen Blicken. Unterhalb der Baumkrone verzweigen sich die Äste zu einer Art Plateau, und ich erreiche ein großes Nest, klettere hinein und atme auf. Ein vorsichtiger Blick über den Nestrand zu Alaun bestätigt mir meine Beobachtung von vorhin. Ich habe mich nicht getäuscht.

Er sieht nach oben und legt seine Hände an den Stamm.

»Was willst du von mir?«, frage ich, um ihn daran zu hindern, sofort wieder zu mir heraufzuklettern. Ich muss überlegen, wie ich ihn loswerde und von hier verschwinde.

»Vergiss Otis, diesen Loser. Ich biete dir einen Platz an meiner Seite im Gebirgspalast.« Alaun fährt sich langsam mit den Fingern durch die verwuschelten sandbraunen Locken und schickt sein katzenhaftes Lächeln zu mir nach oben.

Mir wird schlecht, er weiß von Otis. »Wer bist du überhaupt?«, frage ich, um Zeit zu gewinnen.

Er verbeugt sich allen Ernstes vor mir, holt tief Luft und bläst sie zu mir nach oben. Der Wind, der dabei aufkommt, bringt die Baumkrone zum Schwanken. Ich kralle mich an den Rändern des Nests fest und begreife endlich. »Du hast den Wind geschickt, der versucht hat, mich von Otis fernzuhalten!«

Er zwinkert mir zu und applaudiert. »Natürlich habe ich das, denn du gehörst an meine Seite. *Ich* habe dich in diese Welt gerufen.«

»Das ist nicht wahr. Mein Herz hat den Weg zu Otis gefunden, nicht zu dir.«

Sein Blick verfinstert sich, ein Sturm zieht auf und schüttelt die Baumkrone, sodass ich mich mit aller Kraft an den Rändern des Nests festklammere.

»Du kommst mit zu mir, das war keine Frage.« Von einem Moment auf den anderen ist der Sturm wieder verschwunden und Alaun schwenkt seine Hand hin und her. Etwas schimmert darin im Mondlicht.

Erschrocken greife ich an meinen Hals und blicke an mir hinab. Doch es ist weg. Er hat mein Rückkehramulett in seiner gereckten Faust, schließt es um seinen Hals. Sein Lächeln verursacht mir eine Gänsehaut.

»Komm jetzt runter. Sonst muss ich dich holen.« Er springt auf den unteren Ast und hangelt sich in einem Höllentempo nach oben.

Schnell klettere ich in die Baumkrone, verfolgt von seinem irren Lachen. Als der Ast, auf dem ich mich befinde, bedenklich schwankt, weiß ich, dass hier Endstation für mich ist. Ich kann nicht weiter hinauf und rufe nach unten in das Rascheln der Blätter: »Halt, warte!«

Es wird still im Geäst und ich nutze den Moment, um mir einen Überblick zu verschaffen. Ich blicke rundum und erkenne auf der anderen Seite des Baumes weit unter mir den Steppenstreifen! Ich bin also doch nicht so falsch gelandet. Dieser Baum befindet sich an einer Klippe jenes Gebirges, das ich von meinen Steppenbesuchen kenne. Doch von hier oben scheint die Steppe fahl und unerreichbar. Es raschelt erneut in den Blättern und ein Blick nach unten verrät mir, dass Alaun mich fast erreicht hat. Er steht im Nest und leckt sich über die Lippen.

Wie konnte ich ihn zuvor nur für gutaussehend halten? Er erinnert mich in diesem Moment an den abscheulichen Bergtroll in meinem Märchenbuch, vor dem ich früher so viel Angst hatte, dass ich die Seite immer überblätterte. Bis ich ihn eines Tages mithilfe einer Schmetterlingslupe genau studiert habe. Ich ekelte mich vor seiner zerklüfteten grauen Haut, dieselbe Haut wie auf Alauns Rücken. Blätterrascheln reißt mich aus meinen Gedanken.

Alauns ausgestreckte Hand erreicht jetzt beinahe meinen Fuß. Er grölt: »Hol dir deine Kette, Rosenträgerin!«, spitzt die fleischigen Lippen zu einem Kuss und wackelt mit dem Oberkörper, an dem mein Amulett hin- und herschaukelt.

»Was willst du damit? Ohne mich wird dir mein Amulett nichts nützen.«

»Mal sehen, wie lange du es in dieser Welt ohne deinen Otis aushältst. Früher oder später wirst du sowieso bei mir ankriechen. Denn zurück kannst du nicht mehr ohne deine Kette und allein kannst du in der Steppe nicht überleben ...«, er macht eine Pause und sagt unschuldig: »Und die Bewohner des Dorfes sind ebenfalls ausgeflogen.« Dabei ahmt Alaun mit seinen Armen auf- und absteigende Vogelschwingen nach und lacht hämisch.

Mir wird übel, ich schnappe nach Luft. »Was soll das heißen, was hast du ihnen angetan?«

»Aber im Gegenteil. Sie können mir dankbar sein, gehen sie doch endlich einer geregelten Arbeit nach. In meinen Bergminen können sie ihre wertvollen Kräfte beim Edelsteinschürfen sinnvoller einsetzen, als wenn sie durch die Lüfte fliegen. Da kannst du also auch gleich mit mir kommen, denn Otis wird nicht mehr auftauchen.«

»Was hast du mit ihm gemacht?« Mein Flüstern klingt kratzig in meinen Ohren.

Alaun schnalzt mit der Zunge und schüttelt den Kopf. »Spring, meine Schöne!« Er lächelt wieder katzengleich, klopft neben sich ins Nest und öffnet seine Arme, um mich aufzufangen.

Nein! Da fällt mir Otis' Feder wieder ein und seine Worte, sie könne mir in der Not helfen. Schnell löse ich sie aus meinem Zopf, dabei steche ich mir versehentlich in den Finger und ein Tropfen meines Blutes färbt den Federkiel rot. Meine Hände und Arme beginnen zu kribbeln. Alaun brüllt auf. Er versucht, nach meinem Fußgelenk zu greifen, ich trete nach ihm. Der Ast biegt sich bedenklich nach unten, doch ich warte nicht, bis Alaun bei mir ist. *Vertraue dir!* Jetzt ist der Zeitpunkt gekommen, auf mein Bauchgefühl zu hören. Ich zögere nicht, die Feder in meiner Hand hangele ich mich nach vorn, bis ich über dem Abgrund hänge. Im selben Moment als Alaun mit aufgerissenen Augen auf dem Ast landet, lasse ich los. Lächelnd breite ich beide Arme wie Flügel aus und halte die Feder fest in der ausgestreckten Hand.

Flugwind peitscht meine Haare aus dem Gesicht. Ich weiß nicht, was ich erwartet habe, aber nicht, dass ich wie ein Stein nach unten falle. Dumm gelaufen. Doch es ist nicht mehr zu ändern, ich schließe die Augen, höre Alauns heiseres Gebrüll und lächle, denn Otis' Gesicht erscheint vor meinem inneren Auge.

Plötzlich streift mich ein warmer Luftzug. Ich habe das Gefühl von Federn, die über meine Haut streichen und öffne die Augen. Eine abgehackte Melodie hüllt mich ein, sie klingt nach einer Mischung aus lautmalerischem Gesang und Vogelgekrächze. Meine Arme prickeln, als Federn daraus hervorsprießen. Es fühlt sich an, als ob ich explodiere. Im selben Moment erfasst mich eine Sturmböe wie ein Hammerschlag. Ich höre Alauns Lachen und trudele durch die Luft. Die Felswand kommt näher. Zu nah. Im letzten Moment gelingt es mir, meine Flügel nach oben zu drehen und unter der Böe hindurchzugleiten, weg von den Felsen. Mit kraftvollen Schwingen segle ich gegen die Schwerkraft durch die aufgepeitschten Lüfte.

Ich kann es kaum glauben, aber ich fliege tatsächlich! Ich! Fliege! Dann höre ich den Laut, der aus meinem geöffneten Schnabel dringt, und surfe in einer unbeschreiblichen Mischung aus Übermut und Freude auf den stärkerwerdenden Böen hinauf in den Himmel über der Steppe. Verzückt über meine neugewonnene Schwerelosigkeit, schraube ich mich immer weiter hinauf, gleite, sinke, stürze mich in die Tiefe und mein Herz springt vor Freude und Kraft in meiner Vogelbrust.

Ich weiß nicht, wie viel Zeit seit meinem Absturz vergangen ist, aber je länger ich meinen freien Flug in der Weite des Himmels genieße, umso mehr dämmert es mir, wie schrecklich sich Otis und die Menschen aus dem Dorf fühlen müssen, wenn sie, ihrer Vogelkraft beraubt, in den stickigen, dunklen Minen unter der Erde für den Luxus dieses Bergtrolls schuften müssen.

Im Schutz des wolkenverhangenen Mondes umkreise ich in einiger Entfernung das Gebirge und suche nach einem Stollen, durch den ich in die Mine gelangen kann. Unter einem hochgelegenen Felsplateau erkenne ich einen Höhleneingang, schieße darauf zu und lande mit viel zu viel Schwung im Inneren der Höhle. Mein Schnabel schrammt über den Boden, doch kaum berühren meine Vogelfüße den rauen Fels unter mir, schießt ein brennender Schmerz durch meinen Körper wie von tausend Ameisenbissen. Die Federn ziehen sich zurück in die Haut, während ich mich in meine menschliche Gestalt zurückverwandele. Neben mir auf dem Felsengrund liegt eine Falkenfeder. Ist es die von Otis? Ich flechte sie erneut in mein Haar und richte mich auf.

Der Blick durch die Falkenaugen fehlt mir, denn ich kann leider nicht mehr so weit und scharf sehen wie zuvor. Deshalb taste ich mich langsam und mit wackeligen Beinen an der felsigen Wand ins Innere des Berges. Schwärze umgibt mich, doch ich laufe, so schnell ich es auf meinen wunden Fußsohlen ertrage, tiefer hinein in die erdrückende Dunkelheit. Nach einer gefühlten Ewigkeit frage ich mich, ob ich an der falschen Stelle in den Berg gestiegen bin, doch nach einigen Schritten verbreitert sich der Gang und eine Gabelung taucht vor mir auf.

Angestrengt lausche ich in beide Gänge hinein, doch es ist nichts zu hören, außer dem Tropfen von Wasser in weiter Ferne. Welchen Weg soll ich nehmen? Erschöpft lasse ich mich auf dem Boden vor der Abzweigung nieder und massiere gerade meine geschundenen Füße, als plötzlich im linken Gang ein leichter Nebel erscheint. Für einen kurzen Moment meine ich, darin die milchig trübe Gestalt einer weißen Eule zu sehen. Doch bevor ich sie in allen Einzelheiten erkenne, ist der Nebel im linken Gang wieder verschwunden.

Ich muss an die weiße Feder denken, die ich vor der Kommode meiner Großmutter gefunden habe, und laufe in diesen Gang. Er ist schmal und verengt sich zunehmend, doch nach einer Weile höre ich das Klirren, Schaben und Hämmern von Metall auf Stein und atme auf. Ich quetsche mich um eine Rechtsbiegung und stehe in einem kreisrunden Gewölbe, das von Fackelschein erhellt wird. Glitzernder Staub tanzt im Licht des Feuers durch den Raum.

Schnell presse ich mir die Hand auf den Mund, um nicht zu husten oder laut aufzuschreien, und ziehe mich in den Schatten des Vorsprungs zurück. Durch eine lange Metallkette verbunden, bewegen sich alle Dorfbewohner, auch die Kinder, zwischen den schimmernden Mauern des Berges und einem Abgrund in der Mitte des Gewölbes hin und her. Mit winzigen Hämmerchen schaben und spalten sie das glitzernde Gestein aus der Felswand und werfen es hinab in den Abgrund. Sie tragen Papiermasken über ihren Gesichtern, um sich vor dem glitzernden Staub, der durch das Ablösen der Edelsteine durch den Raum wirbelt, zu schützen.

Als ich Alaun entdecke, halte ich die Luft an. Ich erkenne ihn an seinen sandbraunen Locken und der Felsenhaut in seinem Genick, das über die Sessellehne ragt. In seinem Nacken schimmert die Silberkette meines Rückkehramuletts. Er thront in der Mitte der Höhle auf einem Polstersessel, der auf der Kreuzung zweier Holzplanken steht, die über dem Abgrund liegen. Eine gewagte Konstruktion. Mein Herz klopft, aber zum Glück kann er mich von da aus nicht sehen, da ich durch einen Spalt hinter ihm das Gewölbe betreten habe und mich im Schatten verberge. Einen breiteren Stollen hat er von seiner Position aus im Blick. Ob er mich von dort erwartet? Ich weiß, dass ich mich hier nicht lange verbergen kann.

Doch wo endet die Kette, an der die Dorfbewohner festgemacht sind? Es dauert eine Weile, bis ich ein riesiges schwarzes Vorhängeschloss in einer Nische neben dem großen Stollen entdecke, darin sind die Kettenenden eingehängt, wie bei einem Fahrradschloss. Der unhandliche Schlüssel dazu baumelt an der Lehne des Polstersessels, auf dem Alaun sitzt. *Natürlich.*

Endlich sehe ich Otis. Er kniet am gegenüberliegenden Ende der Höhle bei einer alten Frau mit langen weißen Haaren und hält ihr einen Becher, vermutlich Wasser, an die Lippen.

Alaun erhebt sich, steht breitbeinig auf den überkreuzten Brettern, er klatscht in die Hände und brüllt: »Otis, du Weichei, mach weiter. Oder bist du ein arbeitsscheuer Schwächling?« Er steht über dem Abgrund, lacht und blickt in die Runde.

Doch niemand reagiert. Alle starren auf Otis und die Frau am Boden.

Ich schleiche mich leise an die Grube. Ein kleines Mädchen bemerkt mich, aber ich bedeute ihr, still zu sein.

»Na los, an die Arbeit! Du auch, Otis, oder soll ich die Alte von dir wegzerren?« Otis legt die alte Frau sanft ab, bettet ihren Kopf auf sein Hemd. Er wirft Alaun einen langen Blick zu, aber bevor er sich wieder umdreht, hält er kurz inne. Hat er mich gesehen?

Jetzt oder nie. Alaun sitzt wieder auf seinem improvisierten Thron, ich mache drei Schritte nach vorn und stehe hinter dem Sessel auf einer Planke, unter mir der Abgrund.

»Lia, da bist du ja endlich. Jetzt kannst du mit ...« Ich muss mich entscheiden, mein Amulett oder der Schlüssel. Schnell greife ich nach dem Schlüssel, zerre ihn von der Lehne.

Alaun greift nach meinem Arm und springt über den Sessel. Ich trete dagegen, der Sessel kippt, die oberste Planke verrutscht und plötzlich hängt Alaun an das Holz geklammert über dem Abgrund. »Zieh mich sofort hoch!«

Doch ich drehe mich um, renne zu dem Schloss, meine Hände zittern. Als ich den Schlüssel hineinschiebe und umdrehe, rasselt die Kette klirrend zu Boden. Alaun brüllt auf, und plötzlich fegt mich ein Windstoß zu Boden. Steine bröckeln von der Decke. »Lauft!«, rufe ich den erstaunten Dorfbewohnern zu.

Sie lösen sich aus ihrer Erstarrung, befreien sich aus den Ketten und rennen in den Stollen hinein. Alaun, der sich allein nach oben gezogen hat, funkelt mich an, während er sich auf der splitternden Planke über den Abgrund auf mich zubewegt. Ein Sturm tobt in der Höhle und überall brechen Gesteinsbrocken aus der Decke und prasseln in meine Richtung. Otis greift nach mir, reißt mich vom Boden hoch.

»Lauf, Lia, der Stollen wird einstürzen, der Berg ist komplett ausgehöhlt.« Otis beugt sich hinab, um die alte Frau aufzuheben, doch sie schüttelt den Kopf.

»Lia, endlich bist du hierhergekommen. Lass nicht zu, dass Alaun dich zwingt, ihm noch andere Welten zu öffnen. Das Amulett funktioniert nur, wenn du dabei bist.«

»Großmutter!« Ich wische mir die Tränen aus dem Gesicht und sinke vor ihr auf den Boden. Ein Steinhagel geht neben ihr nieder, ihr Kopf sinkt nach hinten. Nebel umweht sie, formt sich zur Gestalt einer weißen Eule. Dann ist der Nebel verschwunden. Ich beuge mich über sie, aber sie atmet nicht mehr.

»Wir müssen hier weg.« Otis zerrt mich hoch. Steinsplitter treffen mich, schlagen neben uns auf den Boden, die Decke stürzt ein.

Alaun macht einen Sprung nach vorn, streckt die Hand nach mir aus und verfehlt mich nur knapp. An seinem Hals glitzert mein Rückkehramulett. Otis reißt mich mit sich in den Stollen. Tränen verwischen meine Sicht. Wir laufen zwischen den herabfallenden Gesteinsbrocken hindurch, bis wir endlich am Ende des Stollens auf einem Felsvorsprung stehen.

Hand in Hand springen wir in den Abgrund, im Fallen sprießen Federn aus mir heraus und ich gleite durch den Sturm in den herannahenden Tag hinauf. Als ich zurückblicke, sehe ich Falken über dem Berg kreisen. Und tief unten das silberne Blitzen meines Amuletts an Otis' Hals, während der Stollen hinter ihm zusammenbricht und der Boden, auf dem er steht, aufreißt.

Erleichtert begreife ich, dass Alaun sich nicht in die Lüfte schwingen wird. Obwohl er den Wind lenkt, ist er doch nur eine Kreatur der Erde. Denn er besitzt keine Flügel. Aber die Falken schwingen sich hinauf in den Himmel und können die Welt von oben betrachten. Und ich bin eine von ihnen.

Ulrich Conrad

Der Liftboy

Gibt es da oben einen Kostümball? Der Mann, der zu mir in den Fahrstuhl steigt, sieht mit seiner Melone und dem schwarzen Anzug aus wie aus dem 19. Jahrhundert. Ja, tatsächlich, er sieht aus wie Grandpa John, der alte John Fillmore, mein Ururgroßvater, dessen Porträt in Daddys Geschäft hängt. Er war der Gründer des Bestattungsunternehmens, das Dad nun in vierter Generation führt.

Als er direkt vor mir steht, bekomme ich eine Gänsehaut. Seit ich im Frühjahr 1956 diesen Job als Liftboy angenommen habe, habe ich so etwas noch nicht erlebt. Es ist, als würde ich in einen Spiegel schauen, nein, als hätte ich vor zehn Jahren in den Spiegel geschaut. Ich möchte wetten, dass wir verwandt sind!

In den vergangenen fünf Jahren ist dieser New Yorker Wolkenkratzer zu meiner zweiten Heimat, ja, geradezu zu meinem Leben geworden. Jeden Tag fahre ich die Leute rauf und runter, wohin sie auch wollen. Dieser Mann will in die 70. Etage.

Onkel George soll doch so viele Kinder gehabt haben. Ob das ein Enkel von ihm ist?

Unermüdlich starrt er mich an. Seine Blicke scheinen mich zu durchbohren, als wolle er in mein tiefstes Inneres sehen.

Nur wenige Besucher sind mit ihm eingestiegen. Schon in der

32. Etage leert sich der Fahrstuhl, wir sind nun allein. Irgendetwas stimmt mit ihm nicht, er ist mir zutiefst unheimlich. Ihn anzusprechen wage ich nicht, obwohl es mich brennend interessiert, wer das ist.

Er tritt einen Schritt auf mich zu. Seine starren Augen verbieten mir jede Bewegung. »Sie sind Charles Fillmore«, sagt er mit entschlossener Stimme, als würde er mir meinen Namen wie einen Befehl zuteilen.

Wie kann er das wissen? Woher kennt er mich? Er muss mit mir verwandt sein! Habe ich ihn vielleicht als Kind mal getroffen? »Und Sie sehen genau so aus, wie ein bestimmter Vorfahr von mir. Sind wir verwandt? Es tut mir leid, dass ich Sie gerade nicht zuordnen kann. Sind Sie ein Nachkomme von Onkel George?«

»Nein, das nicht, aber verwandt sind wir tatsächlich.« Sein Blick verwurzelt in meinem Gesicht, als wolle er direkt in meine Gedanken sehen. »Ich verstehe nur nicht, warum Sie hier als Liftboy arbeiten. Schon Ihr Großvater wollte doch, dass Sie eines Tages sein Geschäft übernehmen.«

»Sie kennen meinen Großvater? Bill Fillmore? Das kann nicht sein, der starb, als ich noch ein kleines Kind war. Dafür sind Sie zu jung.«

»Ja, Bill. Glauben Sie mir, der Junge wollte, genau wie sein Grandpa, nichts mehr, als dass sein Geschäft von Generation zu Generation vererbt wird.«

»Der Junge? Sprechen Sie noch immer von meinem Großvater?«

»Natürlich. Sein Sohn hat ihm seinen Wunsch erfüllt, sein Enkel hat ihn enttäuscht.«

»Da kann ich Sie beruhigen, er hat das gar nicht mehr erlebt.«

»Doch, das hat er. Er war außer sich, als er das mitbekam, und ich war es mindestens genauso. Daher habe ich mich entschlossen, bei Ihnen zu erscheinen.«

Das mag wohl sein, dass er enttäuscht gewesen wäre, wenn er mich als Liftboy erlebt hätte, aber das hat er ja nicht. »Ich weiß nicht, wer Sie sind und wie Sie das alles wissen können, aber ich fühle mich hier sehr wohl. Als Bestatter hat man immer nur mit Tod und Elend zu tun, das ist nicht meine Welt. Hier verdiene ich zwar nur wenig, komme aber irgendwie zurecht und bin ganz zufrieden.«

»Sie möchten also auf keinen Fall in das Unternehmen zurückkehren, das Ihre Familie schon in der vierten Generation betreibt?«, fragt er mit bedrohlich tiefer Stimme.

Angst kommt in mir auf. Was ist das für ein seltsamer Mann? Ich muss mich überwinden, seine Frage zu beantworten und bleibe ehrlich. »Bestatter ist einfach kein Beruf für mich.«

»Es ist aber ein äußerst wichtiger Beruf. Gerade weil der Tod mit viel Leid verbunden ist, brauchen die Hinterbliebenen Unterstützung. Die sollten Sie ihnen nicht verwehren, auch wenn Ihnen Ihre Familientradition nichts zu bedeuten scheint.«

»Das mag ja alles sein, aber für mich ist das trotzdem nichts.«

Endlich sind wir in der 70. Etage angelangt. Er nickt. »Das ist sehr bedauerlich.«

Die Tür öffnet sich, der Mann tritt heraus, verharrt und schnauft. Er pustet, wie ein erschöpfter alter Mann. Im nächsten Moment weht ein eisiger Luftzug durch das Gebäude und lässt mich vor Kälte zittern.

Er dreht sich noch einmal um und droht mit erhobenem Zeigefinger. »Sie haben einen schweren Fehler begangen.«

Als ich den Mann erneut betrachte, erstarre ich vor Schreck, sodass mein Atem einen Moment aussetzt. Was hatte ich mir eingebildet? Hielt ich ihn nicht eben noch für zu jung, um meinen Großvater zu kennen? Seine Haare sind ja ganz grau! Er sieht älter aus als Dad!

»Sie werden sehen, was Sie davon haben«, prophezeit sein faltenreiches Gesicht.

Nicht wie ich, wie mein Großvater sieht er aus, damals, als er alt war, kurz bevor er starb. Oder, nein, wie dessen Großvater, der alte John Fillmore. Ja, genau so sieht er aus, mit schwarzem Anzug und Melone, als wolle er jemanden beerdigen.

Jedes seiner Worte klingt wie eine Drohung. »Sie werden ein neues Leben beginnen müssen!«, fügt er langsam und mit tiefer Stimme hinzu.

»Ich habe bereits ein neues Leben als Liftboy begonnen«, flüstere ich zaghaft. Vor Aufregung wird mein Atem kürzer, meine Beine werden schwer, meine Kräfte schwinden.

Er schüttelt den Kopf. »Sie haben mich nicht verstanden. Damit haben Sie Ihr altes Leben verpfuscht, aber nun sind Sie gezwungen, ein neues zu beginnen.«

»Wie meinen Sie das?«

Wortlos wendet er sich ab und geht. Als er fast im Gang verschwunden ist, dreht er sich noch einmal um. »Sie werden es sehen.«

Erschüttert schaue ich ihm hinterher, bis er nicht mehr zu sehen ist. Übelkeit und Erschöpfung kommen in mir auf. Der seltsame Alte ist mir unheimlich. Nach diesem Schreck könnte ich eine Pause vertragen, doch ich muss weiterarbeiten. Einfach nicht mehr darüber nachdenken. Ich wende mich zurück in meine Kabine, doch da steht er wieder vor mir, dieser alte Mann!

Er ist wieder zugestiegen, denke ich für einen winzigen Moment, in dem in mir die Hoffnung keimt, er würde noch länger mit mir sprechen wollen, vielleicht um unsere Verwandtschaft zu klären, doch dann bemerke ich den Spiegel. Der alte Mann bin ich selbst!

Das kann nicht sein, ich bin 30 Jahre alt! Gut, ein paar Haare beginnen auszufallen, aber ich habe doch keine solche Glatze, auch keine Falten im Gesicht!

Es ist nicht möglich, was ich sehe. Erschrocken ertaste ich meinen Kopf und spüre die Falten um die Augen, auf den Wangen und auf der Stirn. Auch die Glatze. Ich fühle mich schwach, mein Rücken schmerzt, wo sind meine Jahre geblieben?

Inzwischen fahre ich wieder abwärts. Es hilft ja alles nichts, auf der 31. Etage will jemand abgeholt werden. Eine weißhaarige Frau steigt ein. Unzählige Furchen hat ihr ein langes Leben tief ins Gesicht gegraben.

»Guten Tag«, sage ich höflich.

»Guten Tag, junger Mann, ich war hier falsch. Ich muss in den 93. Stock.«

Dorthin will nur selten jemand. Ich frage mich, was dort oben, in der letzten Etage, eigentlich ist. Was will sie dort? Und warum nennt sie mich jung?

Erneut wage ich einen Blick in den Spiegel. Sie hat ja recht, ich sehe wieder aus wie immer. Was habe ich denn da gesehen?

Mein Herz pocht, doch es beruhigt sich schnell wieder. Ich muss geträumt haben! Beruhigt steuere ich die 93. Etage an. Es geht zügig aufwärts. Im 65. Stock schießt mir ein Stich in die Wirbelsäule. Das hatte ich doch sonst nie? Im 69. spüre ich wieder diese seltsame Schwäche. Im 78. kann ich mich kaum noch aufrecht halten. Ich muss mich anstrengen, um nicht zu stürzen. Was ist mit mir?

Im Spiegel sehe ich wieder diesen alten Mann. Je höher ich fahre, desto älter werde ich. Im 86. Stock schmerzen alle meine Gelenke. Wie soll ich bis zum 93. durchhalten?

Im 91. muss ich mich festhalten, um nicht zusammenzubrechen. Mit allerletzter Kraft kann ich mich im 93. noch halten. Die Alte verabschiedet sich. »Machen Sie's gut.«

Mein Blick folgt ihr bis zu der Treppe, über die sie noch weiter nach oben steigt. Dort geht es nur noch aufs Dach, in die Wolken und den Himmel.

Erschrocken zucke ich zusammen, als ich mein Spiegelbild sehe. So alt hat mein Vater nie ausgesehen. Mein Gesicht ist ganz eingefallen. Mir fehlen die Zähne. Das bin ich nicht!

Auf der Fahrt nach unten behalte ich mein Spiegelbild im Auge. In der 70. Etage sehe ich wieder wie mein Vater aus. Mein Gesicht ist nicht mehr eingefallen. Vorsichtig wage ich es, den Mund zu öffnen. Gott sei Dank, die meisten Zähne sind vorhanden!

Im 67. Stock steht eine Gruppe munterer Senioren vor dem Fahrstuhl. Laut streitend wird einer von ihnen ausgeschlossen und in meine Kabine bugsiert. Voller Zorn bleibt ihm nichts übrig, als sich zu fügen. »Die spinnen ja alle!«, brüllt er, dann wird er ruhiger. »Zur 14. bitte.«

»Nicht ärgern, das lohnt sich nicht«, rate ich in beruhigendem Tonfall.

»Sie haben ja recht, aber da muss man sich doch aufregen. Die Klassenkameraden sind stolz auf ihre Schülerstreiche vor 50 Jahren und beschimpfen mich, nur weil ich Lehrer geworden bin.«

»Das ist ein ehrenwerter Beruf«, sage ich.

»Eben, die sind doch nur neidisch.«

Inzwischen geht es abwärts. Wie einer der Senioren sieht mein Fahrgast gar nicht aus. Bei genauerem Hinsehen eher wie ein Junglehrer oder ein Student. Nein, ein Schüler! War er nicht eben noch im Seniorenalter? Sagte er nicht, er wäre Lehrer? Das habe ich doch genau gehört! Ich sagte ihm auch, wie ehrenwert ich seinen Beruf finde. Das habe ich mir doch nicht eingebildet.

Endlich sind wir in der 14. Etage. Hier befindet sich der Ausgang zum obersten Parkdeck. Noch immer zornig verlässt ein vielleicht 14-jähriges Kind den Aufzug und wird von seiner Mutter abgeholt, die es zum Auto führt.

Als sich die Fahrstuhltüren schließen wollen, sehe ich einen Lieferanten mit einem großen Karton auf mich zu rennen. Natürlich halte ich die Tür für ihn auf.

Der Bote bedankt sich. »Kannst du das Paket zu Mister Miller in die 45. Etage bringen, mein Junge? Ich bin leider sehr spät dran.«

»Selbstverständlich, ich bringe es zu Mister Miller.«

In Windeseile zieht der Aufzug nach oben. Niemand steigt ein, in der 45. Etage öffnen sich die Türen, ich blockiere sie, damit sich der Fahrstuhl nicht ohne mich auf den Weg begibt, und klopfe bei Mister Miller.

Der öffnet die Tür. »Oh je, was soll ich denn hier damit? Bringen Sie das doch bitte in den Keller und stellen Sie es vor meinen Lagerraum.«

»Selbstverständlich«, antworte ich höflich.

Mit dem Paket betrete ich wieder meine Kabine und drücke auf den untersten Knopf. Es geht abwärts.

Nach einer Weile beginnen die Ärmel meiner Jacke über die Hände zu rutschen. Sie sind viel zu lang.

In der 10. Etage starrt mich ein Kind aus dem Spiegel an. Das kann ich nicht sein.

Meine Uniform erscheint mir riesig. Die Hose rutscht zu Boden, ich muss sie festhalten.

Auf Höhe der 6. Etage fällt mir die eigenartig hohe Lage der Bedientasten auf. Die müssten doch viel weiter unten sein!

Während ich durch die 3. Etage fahre, beobachte ich, wie die Tasten immer weiter nach oben wandern. Ich komme gar nicht mehr an sie heran! Ich muss träumen.

Meine Beine geben keinen Halt mehr. Sie sind krumm und viel zu kurz. Ich sacke zusammen, falle auf einen Berg aus gigantischen Kleidungsstücken und kann mich nicht mehr aufrichten. Die Bedientasten sind unerreichbar hoch. Wie soll ich nur wieder nach oben zurückkehren?

Ich will um Hilfe rufen, aber alles, was aus mir herauskommt, sind Tränen und ein hilfloses »Wuäääääh«.

Erdgeschoss! Mir schwinden die Sinne. Ich spüre eine angenehme Wärme und fühle mich geborgen. Es ist dunkel. Am Ende eines langen und engen Tunnels sehe ich Licht. Ich werde mit großem Druck herausgepresst. Was geschieht hier mit mir?

Eine riesige Frau im weißen Kittel zieht mich heraus und klatscht mir im nächsten Moment auf den Hintern.

Was soll denn das? Empört versuche ich zu schimpfen, doch aus mir erklingt nur Geschrei, wie von einem Baby. Kein Wunder, ich bin ein Baby! Erlebe ich gerade meine eigene Geburt? Das kann doch gar nicht sein!

Ich werde auf den Bauch einer jungen Frau gelegt. Moment, das ist doch meine Mutter, wie sie aussah, als ich geboren wurde.

Sie nimmt mich in den Arm und lächelt mich an. »So ein schöner Junge. Du sollst Charles heißen.«

»Wie schön, ein Stammhalter!«, freut sich auch mein Vater. »Damit ist der Fortbestand unseres Familienunternehmens gesichert. Du wirst einmal unser Bestattungsunternehmen weiterführen«, bestimmt er. Dann wendet er sich nach hinten. »Sieh mal, Dad, ist das nicht ein prächtiger Junge?«

Aus dem Hintergrund meldet sich ein alter Mann. »Oh ja, das ist er. Dieser Junge soll unser Geschäft auch noch in der fünften Generation leiten. Das wünsche ich mir genauso, wie es sich schon Grandpa John gewünscht hatte. Ich weiß noch, wie er einmal sagte, dass er alles dafür tun würde, dass sein Bestattungshaus immer im Familienbesitz bleibt.«

Kein Zweifel, Grandpa John tat wirklich alles dafür und kam extra, um mich zu einem Neuanfang zu zwingen, zurück in unsere Welt. Aber meinte er tatsächlich ganz von Neuem? Geht jetzt wirklich alles wieder von vorne los? All die Anstrengungen meiner Eltern, aus mir einen Bestatter zu machen? Und all meine Bemühungen, dem zu entfliehen?

Am Ende kommt womöglich wieder Grandpa John und wirft mich zurück zum Anfang. Mir bleibt wohl nichts anderes übrig, als das Geschäft wirklich weiterzuführen, wenn ich erst wieder erwachsen bin.

Viten

(alphabetisch geordnet)

Cleo Belien schrieb und verschlang schon als Kind Geschichten wie Süßigkeiten. Sie studierte Kunst und Geschichte und arbeitete mit Kindern an unterschiedlichen Buchprojekten. In ihren atmosphärisch dichten Texten mischen sich ihr Sinn für Phantastik und Erfahrungen, die sie bei ihrer Arbeit in unterschiedlichsten Bereichen sammelte. Cleo schreibt derzeit an ihrem Debüt – einem New Age Fantasy Roman.

Hanna Bertini lebt in Niedersachsen und Berlin. Sie schreibt Kurzgeschichten und Aphorismen, die u.a. in Anthologien des Strittmatter-Literaturwettbewerbs 2019, des VHV-Verlags, Literaturzeitschriften (Litopian / Haller), sowie den Wettbewerbsanthologien des Deutschen Aphorismus Archivs (2018 / 2020) aufgenommen wurden. Die Schreibgruppe »WOBBS« und »ForumWort« Berlin sind ihre literarischen Heimathäfen.

Ulrich Conrad wohnt in Zehlendorf und schreibt Kurzgeschichten, Novellen und Romane, aber auch Sachbücher und Artikel über Schienenverkehr. Er engagiert sich in seiner Kirchengemeinde, ist Mitglied der Autorengruppen »Romaniacs«, »Die Schlangenbader«, »Berliner Autorengruppe«, »Hofpoeten« und »ForumWort«.
www.ulrichconrad.de

Anne Danck ist derzeit dabei, in Berlin als begeisterte Verhaltensbiologin zu promovieren. Ihre Kurzgeschichten wurden bereits in diversen Anthologien veröffentlicht, darunter auch die »Anthologie Noir 1«, die mit dem Deutschen Phantastik Preis 2019 ausgezeichnet wurde. Ein wiederkehrendes Thema sind auf den Kopf gestellte und aus anderen Blickwinkeln beleuchtete Märchen.
https://annedanck.de/

Laszlo Hartmann zog nach dem Abi nach Westberlin, lebte in einem von Frauen besetzten Haus und jobbte als erste Türsteherin Kreuzbergs in einer Szenedisko. Nebenbei studierte sie Literaturwissenschaft und Publizistik, stieg quer in die Medienwelt ein und arbeitet seitdem als Redakteurin, Regisseurin und Autorin. Sie schreibt und veröffentlicht Kurzprosa und arbeitet an ihrem ersten Roman.

www.Hauptsache-Geschichten.com

June Is veröffentlicht seit einigen Jahren ihre Kurztexte bei cluewriting.de, buecherstadtkurier.com und YouTube (EAPoe Productions). Geschichten sind in den Anthologien *Sehnsuchtsfluchten* [Hrsg. Nika Sachs, 2017]; *Briefe aus dem Sturm* [Hrsg. Magret Kindermann, 2018]; *Das einsame Haus am grünen See* [Verlag ohneohren, Wien, 2018]; sowie in *Badass Angels – Gefiederte Kreaturen* [Hrsg. Emma N., 2020] erschienen.

Slavica Klimkowsky, geboren in Kroatien, studierte Medizin an der Freien Universität Berlin. Seit ihren Studientagen schreibt sie Rezensionen, Essays und Kurzprosa, die mit Preisen ausgezeichnet und in zahlreichen Anthologien veröffentlicht wurden. Sie lebt als freie Autorin, Übersetzerin und Kultur- und Literaturvermittlerin in Berlin.

Dr. Ilkay Koparan – Sie müsse sich für eine Welt entscheiden, hörte sie oft. Und sie hat sich für die Zwischenwelt entschieden. Und in dieser Zwischenwelt werden neue Ideen geboren und neue Welten erschaffen. Veröffentlichungen: »Ayse im Wunderland« in der Anthologie *Zuhause ... in der Fremde*, [Free Pen Verlag, 2000]; »Der kosmische Kyrol« in der Anthologie *Fremd! Jede Geschichte hat zwei Seiten*, [Independent Bookworm Verlag, 2019]

Sylvia Krupicka liebt es poetisch und dramatisch. Sie ist Theaterwissenschaftlerin, arbeitete am Theater, später als Literaturvermittlerin für Kinder und Jugendliche mit dem Schwerpunkt Lyrik. Nun gibt sie gern ihr Wissen als Dozentin weiter. Das tägliche Schreiben ist ihr Lebenselixier.

www.sylvia-krupicka.de

Andrea Maluga – Berlinerin, Autorin und Magistra für Geschichte und Germanistik. Verfasst nachdenkliche und heitere Kurzgeschichten für Erwachsene und Geschichten für Kinder, immer mit historischem Bezug. Veröffentlicht in Verlags-Anthologien. Schreibt an genreübergreifenden Jugendromanen. Gründete 2012 die Schreibwerkstatt »ZeilenZauber«.

www.andreamaluga.wordpress.com

Debsi Peps folgte jahrelang dem Glück, das einen von innen wärmt und Farben in die Welt bringt. Mit Freundinnen oder allein, ob durch Venezuela, Mittelamerika, Mexiko, Frankreich oder Spanien. Immer unbekannter, immer schneller. Doch die Wärme und die Farben waren so unbeständig wie sie selbst. Bis sie innehielt und die Ruhe wachsen ließ, die so immer bunter wurde und neue Abenteuer bereithielt.

Nicole Pfeiffer lebt in Berlin und im ländlichen Thüringen und arbeitete im Sport- und Gesundheitswesen und als Berufsschullehrerin, bevor sie ihr Leben ganz dem Schreiben widmete. Die Autorin hat zahlreiche Kurzgeschichten in Anthologien veröffentlicht und organisiert mit der Schreibgruppe »ForumWort« regelmäßig gemeinsame Lesungen.

www.instagram.com/jay-daizy/

Deborah B. Stone glaubt an die Magie von Veränderungen. Sie liebt es, ihren Charakteren Flügel zu verleihen, aber vor allem auch die fantastische Kraft, die Normen und Werte ihrer Gesellschaft infrage zu stellen. So können sie neue Wege finden für sich selbst und ein Zusammenleben auf Augenhöhe. Deborah organisiert die Autor:Innengruppe »ForumWort«

www.deborah-stone.de

Inhalt

Die Edition Drachenfliege gehört zu Periplaneta Berlin
All unsere Bücher gibt es als hochwertige Softcover
oder Hardcover und als E-Books überall im Handel,
sowie und vor allem auf

WWW.PERIPLANETA.COM

WWW.DRACHENFLIEGE.NET